GOBOOKS
& SITAK
GROUP©

GOBOOKS
& SITAK
GROUP©

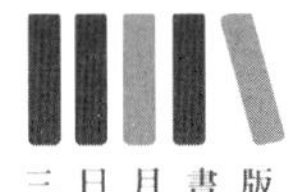
三日月書版

三日月書版

小丑魚 著
炬太郎 繪
3
怪談病院
PANIC!
輕世代
FW268
三日月書版

# 怪談病院 PANIC!

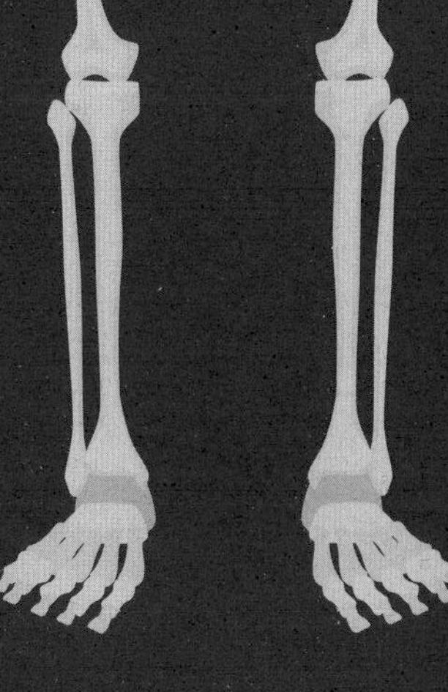

# 目錄 CONTENTS

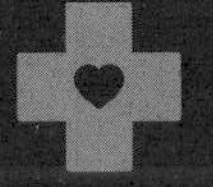

CHARACTER FILE
玄罡
身分：地府的鬼差組長
性格：死要錢
愛好：錢
Profile
全身上下華麗閃亮，具備天怒人怨的帥氣度、渾身上下散發著尊爵蓋世的貴族氣質，完全不輸當紅偶像明星，擁有深不可測的能力，特徵則是，舉手投足都要錢，與依芳有著不尋常的關係。

CHARACTER FILE
依芳
身分：新進護士
性格：安靜內斂
愛好：睡覺、偶像劇
Profile
綠豆的學妹，家有天師阿公卻對玄學相當兩光，雖然具備某些天師特質，但是對於靈異事件相當冷漠，沒有耐性又不可靠，不得已靠著零零落落的玄學知識闖天下。

CHARACTER FILE
孟子軍
身分：刑事組組長
性格：有正義感、善良
愛好：公仔、狗狗
Profile
人高馬大卻是動漫迷，且是愛狗人士，非常寵家中的黃金獵犬。對於不可思議事件有著強烈好奇心。在一次詭異案件中認識綠豆和依芳，進而見識到兩人異於常人的能力。

CHARACTER FILE
綠豆
身分：護士
性格：大而化之、熱心助人
愛好：帥哥
Profile
醫院的老鳥，依芳的學姐，常常熱心過了頭，總是拖著依芳下水，卻也因為一連串的事件激發了自己的潛能，不但具有陰陽眼，並且磁場與陰間的朋友相近，具備和鬼魂溝通的能力。

# 第一章　車禍事件（一）

深夜裡的醫院總是冷清得令人心驚，沒有人煙進出的長廊更帶著一抹肅然，在這樣的氛圍下，實在沒有人會閒來無事在這裡瞎逛，一片駭然的寂靜，更增添耐人尋味的森寒。

但是關起門來的加護病房卻吵翻天，和門外走廊比較起來，病房內簡直是水深火熱，上班的護理人員忙得焦頭爛額，值班醫師更是揮汗如雨，急得快飆下兩行清淚了！

「我說趙醫師，你手上的書都快翻爛了，到底插不插管啊？病人的臉都黑了，你是真的想要他斷氣在我手上嗎？」綠豆實在很不想咆哮，但是眼前應屆的主治醫師還是菜到像是剛出爐的燒鴨，還熱呼呼的，看他手忙腳亂的模樣，綠豆都覺得自己需要急救了。

難得今天病人數不多，只剩六床病人，但還是有一床需要急救，最慘的是還碰上菜鳥醫師，想要享受難得的輕鬆都難如登天，早就預料到和帶賽阿帕一起上班，絕不可能輕鬆。

趙醫師一聽到病人臉都黑了，他自己的臉也黑了一半，當場傻在原地，似乎不知該如何是好。

綠豆和阿啪兩個人面面相覷，心想這傢伙真是一點都靠不住，之前整整一個月的臨床受訓到底在幹什麼？怎麼這麼派不上用場？

「趙醫師，現在應該先給急救藥，然後趕快插管，至於呼吸器的設定，我會先設定好！」阿啪已經快看不下去了，乾脆直接給予指示，否則只是繼續浪費時間而已。

但是眼前的趙醫師好像呈現靈魂出竅的狀態，完全恍神中……

在臨床待一段時間了，綠豆和阿啪第一次想殺人，現在都什麼時候了，眼前唯一的醫師還在神遊太虛？

「學姐，我乾脆打電話找其他部門的醫師，不然病人快斷氣了！」一旁的依芳已經嚇到面無人色，就算她也是菜鳥，也看得出病人急救的時間是越來越緊迫了！

「找其他醫師趕過來也來不及了！」綠豆突然換了位置，拉了依芳繼續自己方才的心臟按壓，「還好我受過高級急加護訓練，氣管內管拿來，我自己來！」

阿啪二話不說便立刻遞上管子，迅速地將呼吸器推至床畔，隨時準備插管。

綠豆平時雖然粗魯又沒什麼女人味，但在工作上卻是出了名的細膩，依芳和阿啪看著綠豆優雅又從容地幫病患插管，不到二十秒的時間，管子已經透過病患的口中直通氣管，阿啪相當有默契地立即接上呼吸器，病患的呼吸在一瞬間變得較為平順，臉色也紅潤許多。

「依芳，打電話給給X光室，請他們立刻來照張片子，確認氣管內管的位置！」綠豆開始下達命令，「阿啪，繼續給予急救藥，記得紀錄心電圖，血壓如果還是拉不上來，先給點滴急輸液250CC。」

綠豆下達指令，手邊的工作卻沒停過，身邊的阿啪也相當敏捷地執行每個指令，兩個人簡直就像完美的團隊，緊張的氣氛也因為兩人流暢的動作而緩和下來，實在看不出平時在日常生活中的智能相當接近智障的綠豆，也能有這麼優秀的時候。

病患在綠豆的急救指導下，終於恢復正常的生命徵象，依芳感到相當不可思議，以崇拜的眼光望著綠豆，「學姐，我沒想到護士也可以插管耶，護士可以做這些侵入性的治療嗎？」

「果然是菜鳥！」阿啪笑了起來，「護理人員需要接受一連串的訓練，像妳這麼菜，又沒有受過急加護訓練當然不行，我和綠豆都有高級急加護訓練的執照，必要緊急狀況是可以執行救護措施，是屬於合法範圍的。如果是妳，應該會被抓去關……」

說到這裡，趙醫師的臉色一陣青一陣白，在醫院裡，雖說醫師和護理人員的地位平等，但是自認高出護士一等的醫師們卻也不少，何況彼此都是醫學專長，但是專業的領域多少不同，如今身為護士的綠豆搶了醫師的急救工作，他哪有臉站在這裡？

「唉呀，這是經驗啦！趙醫師，你才剛畢業，就算受過再嚴密的訓練，親身體驗還是會緊張的，不用自責！急救時大家都很急，口氣會比較直接，你別介意！」綠豆豪爽的拍拍趙醫師的肩膀，她這人就是這樣，工作和私底下完全是兩個人，依芳差點認為她有雙重人格。

「而且，你之後常常要和猴子啪上班，她可是急救訓練保證班的王牌，有她在，包準你進步神速！」綠豆嘿嘿笑了兩聲。

「阿啪學姐，以後請多多指導……」趙醫師這人倒也能屈能伸，立刻轉向阿啪示好。

阿啪一臉錯愕，心想綠豆口口聲聲喊她猴子啪，為什麼他就立刻轉向自己？他們今天不是才第一天上班？難道自己看起來真的很像猴子？

「欸，你別誤會，我的意思是阿啪這個人是帶賽到深處無怨尤，跟她一起上班，包準每天都要急救……」綠豆話還沒說完，突然瞧見大門半開的備餐室。

「誰……是誰……」綠豆蒼白的嘴唇開始顫抖，雙眼睜得比五十元硬幣還大了。

「哪個王八蛋……給我帶鳳梨進來？」綠豆的叫囂比剛剛吼趙醫師的音量還響亮，「而且還帶每日C飲料？」

阿啪和依芳聞言也為之變色，誰都知道這些東西算是醫院的違禁品吧？

此時三人的腦袋不約而同的掃向前方的趙醫師，趙醫師頓時覺得背脊發涼，冷汗直流，他拿這些水果飲料有什麼不對？為什麼她們盯著他的眼神都帶著殺氣？

「你難道不知道醫院的禁忌嗎？」阿啪氣急敗壞，「鳳梨代表旺旺旺，你覺得病房旺起來會怎樣？還有每日C，等於每日CPR，你是認為今天上班還不夠忙吧？」

「完了！今天鐵定完了！」綠豆頓時無力地癱在椅子上，「阿啪已經是旺到抓不住了，現在加上鳳梨，還有每日C……我們這裡鐵定翻了！」

「這怎麼可能？」趙醫師一臉不以為意，「只不過是迷信，天底下哪有那麼玄的事情？遇到也只不過是巧合！」

「巧合？」綠豆真的生氣了，連忙兩手捧著阿啪的腦袋轉向趙醫師，「那這隻猴子為什麼遇到巧合的機會高達百分之百？」

趙醫師一時啞口無言，阿啪卻錯愕地趕緊回頭踹了綠豆一腳，「別老是猴子猴子的叫——」

「鈴鈴鈴鈴鈴鈴！」突然傳來的電話聲，打斷了阿啪的話。

綠豆抬頭看了牆上的時鐘一眼，才凌晨一點半，還有漫漫長夜要熬，通常這時間打來的電話，不會有什麼好事。

依芳趕緊接起電話，看她一臉沉重的模樣，想也知道又要接病人了！反正接病人也早就司空見慣，沒什麼了不起，綠豆心想早點接病人也好，免得下班前又手忙腳亂。

「要接病人！」依芳掛掉電話，一臉菜色。

「你看吧，剛說完就有病人，你還認為是迷信嗎？」綠豆挑了挑眉，反問趙醫師。

「加護病房會有病人進出很正常吧……」趙醫師反駁著，對於怪力亂神的東西，他絕對不相信。

「不！」一向上班很安靜的依芳也跟著出聲了，「這次絕對不正常！因為一次要進來三個病患，還是外科加護病房借床的緊急患者！」

「三個？」所有人全都睜大了眼，似乎腦袋還沒辦法消化這個訊息。

「省道出現連環大車禍，病患的情況緊急，外科那邊已經擠不下那麼多病患，所以和內科借床！」依芳邊說邊開始準備接病患的資料。

「大量傷患？」趙醫師也愣住了，大半夜的竟然冒出連環大車禍？

阿啪臉都綠了，「通常這時人力都不夠，幾乎所有夜班人力都要上線，重症病患幾乎不分科別了，有床就要接病人！」

「所以說，現在有三個要送往我們這邊，趕快準備急救車，外科的學姐說狀況不穩，隨時要做好準備！而且我們床位也不夠，還要加床！」依芳的臉色顯得凝重，現在可不是開玩笑的時候了。

綠豆頻頻深呼吸，開始認命地準備接病人，不過她看著已經開始冒汗的趙醫師，還是不忘在他身邊嘀咕著：「你皮繃緊一點，現在可是全院緊急戒備的瘋狂狀態，看你下次還敢不敢帶鳳梨進來！」

「不敢了！不敢了！」趙醫師臉色蒼白地不像話，剛剛的急救已經零零落落，現在一口氣來三個病人，他怎麼可能應付得來？

綠豆和阿啪也早就想到這一點，趕緊打電話給今晚在病房值班的馬醫師，請求他立即過來支援。

不過馬醫師還沒衝進病房，好幾名護士已經推著病床和外科特殊機器進來了。依芳頓時嚇傻了眼，雖然在外科實習過一個月，卻沒見過這樣的陣仗，病人不但全身插滿管路，光是輸血管路就四條，更別說胸管、氣管內管還有其他管路加裝特殊器材，全身上下還有血跡流淌的痕跡，和內科病患的模樣簡直是天壤之別，這樣的場景只能用怵目驚心來形容。

「依芳，趙醫師，你們還傻在那邊做什麼？快點接病人了！」綠豆叫著，阿啪已經開始和外科小姐接班。

「這三名病人已經在我們那邊先做過處理了，只是目前我們SI（外科加護病房）病情穩定的病患全挪到普通病房，仍然不夠這次的傷患使用，所以現在只好暫借你們的病床，因為情況緊急，只能一口氣上來三名患者，目前已經請值班阿長派人支援，等一下會有人力過來。」外科護士上氣不接下氣地開始交班。

當外科和阿啪交班時，綠豆、趙醫師和依芳必須在人力來支援前先將病患安置好，例如接上呼吸器，固定特殊器材等等，雖然科別不同，但是大部分的急救都大同小異，加上綠豆參加過高級及加護訓練，這些場面還嚇不倒她，反倒是趙醫師隨時有暈厥的可能。

其他護士小姐幫忙基本安置之便匆匆離去，現在就靠綠豆支撐著，她開始監測生命徵象，其他兩床都還算穩定，但是到了第三床，看到患者的臉腫得像豬頭就算了，整張臉被彈性繃帶包覆著，簡直就是變形的豬頭，就算是他的親生爸媽站在這個位置，八成也認不出是自己的兒子，加上全身幾乎綁著繃帶，根本和木乃伊沒兩樣。

綠豆疑惑地瞄了一下患者手上的識別手圈，才二十五歲，還是個相當年輕的患者，目前就他的狀況最不穩定，心跳六十左右，血氧濃度也停留在九十上下，最慘的是血壓要上不上、要下不下，升壓劑已經調到最高劑量了，看樣子還要再做其他緊急處理，但是……糟糕……

綠豆覺得肚子一陣翻攪……

「趙醫師，你先頂著，我要離開一下！」綠豆緊縮著自己的小菊花，怎麼樣也沒料到在這種要緊的時候突然想上廁所。

「離開？妳要去哪裡？現在狀況很緊急耶！」趙醫師急得都快哭了，現在都什麼時候了，她怎麼可以離開！

「呃，人生自古誰無屎？我現在也很急啊啊啊！」綠豆已經不得不把兩腳夾緊，臀大肌絲毫不敢放鬆，就怕會有土石流坍方的災情，「你才是醫生，你快點作處理啦！只要給我五分鐘，五分鐘就好！」

綠豆話都還沒說完，就連滾帶爬地衝往廁所，留下張口結舌的依芳和趙醫師，依芳看著趙醫師一副像是被雷劈到的神情，瞬間開始同情他的遭遇，但是依芳同時也驚覺，眼前的病患……雖然還看不清楚靈體，但靈體和軀體已經快一分為二了！

# 第二章　車禍事件（二）

「趙醫師，快點作處理！病患的血氧開始下降，心跳目前維持在六十上下，心律目前已經開始有往下掉的趨勢，血壓現在拉不上來……」依芳看著監測器，開始報數據，但是眼角餘光卻見趙醫師像無頭蒼蠅一樣不知所措，簡直比她剛上線時更糟糕。

此時，病人的心跳陡然成了一直線……

天啊，能不能不要這個時候啊？依芳在心中哀號，現在感覺起來是要她獨撐大局嗎？別說趙醫師僵在原地動彈不得，連她都覺得呼吸困難了！

不行，這時候要自力救濟才行，看她拿出自己的拿手絕技——

「學姐，病人沒心跳啦！」

依芳扯開喉嚨大喊，急救法則第一條，大聲求救就對啦！

她音量之大，不但把眼前的趙醫師嚇得兩眼發直，連縮在廁所裡面剛脫下褲子的綠豆都差點滾下馬桶。

一聽到叫喊的阿啪，趕緊丟下手中還在交班的病歷，衝上前開始急救，這時候她超想打趙醫師兩巴掌，讓他清醒一點。

這時的綠豆也趕緊抓著褲子衝出廁所，一邊嚷著：「我才剛脫褲子，我都還沒解放……拜託……連一分鐘都等不及嗎？」

綠豆的臉色鐵青，額際也冒著冷汗，肚子的翻攪讓她根本沒辦法活動自如，但是急救病人為優先，就算即將出來，也要咬著牙硬擠回去！幸好病人早已插好管，只是這回她沒辦法一如往常站在幫病患按壓心臟的位置，只能趕緊準備急救藥。

「綠豆，病人的心跳和血壓拉不上來，快點再加上強效升壓劑和強心劑！」連一向急救 EQ 最好的阿啪也開始發飆了，現在到底什麼狀況？她都還沒交完班耶！

綠豆想也沒想地開始準備藥劑，怎知緊急鈴聲卻在另一床大響……

「媽呀！到底在搞什麼？」綠豆人如其名，一臉慘綠，別連隔壁床都來湊熱鬧好不好？現在的趙醫師簡直快靈魂出竅了，一點用場都派不上，只有三個小護士撐場面太勉強啦！

「依芳，妳跟阿啪過去另一床看看，趙醫師，你快點幫病人心臟按摩，馬醫師和其他人力等一會兒就會到了，大家撐著點……」綠豆氣勢萬千的語氣卻在這時被絞痛的肚子打斷，就算知道救人如救火，她也快忍不住了！

「不行了！不行了！傳說中的大海嘯要出現了！」綠豆的眼眶中布滿血絲，再忍下去，大家就先等著急救她吧！

要死了，今天到底吃了什麼東西啊啊啊！綠豆在心底哀號。

「綠豆學姐，別鬧了啦！」趙醫師在她身後慘叫，正好這時馬醫師風塵僕僕地趕來，綠豆第一次看到馬自達竟然高興地差點噴出眼淚……

綠豆想也不想地往廁所衝刺，偏偏在這時候阿啪像是想到什麼要緊事，猛然對著綠豆大叫：「綠豆，我忘記告訴妳，今天我們的馬桶塞住了，阿長交代不能用！」

什、什麼？不能用？綠豆如同遭到電擊一樣的腿軟，現在是天要亡她嗎？

「學姐，妳到外面病房的公用廁所，那邊最近！」依芳看著綠豆的表情由猙獰轉為慘白，不由得露出同情的神色。

綠豆根本沒時間思考，只好跑向門外，盲目地找尋著急迫需要的馬桶。

當她穿過長廊，以十萬火急之姿踹開廁所大門，坐上馬桶的那一刻才展開舒坦的笑顏，只是剛才過於緊急，沒有察覺這間公用廁所怪陰森的，一個人，大半夜地在空蕩蕩的廁所裡，感覺很毛啊……

病房外面的公用廁所平時提供家屬們使用，只是在這樣的小醫院裡，家屬休息室的設備不是很好，夏天沒冷氣，冬天又會猛灌寒風，外加這層樓只有加護病房，屬於密閉空間，所以外面的空間一旦入夜就顯得陰森，大部分家屬不會在此過夜。

正在解放的綠豆也忍不住哆嗦，總覺得哪裡怪怪的，但是她什麼也沒看見，只聽見洗手臺水龍頭要滴不滴的滴答聲，外加窗外冷風拍打的玻璃窗啪啪直作響，除此之外實在是寂靜地可怕，令綠豆頭皮發麻。

「唉唷，有什麼好怕的，妳什麼場面沒見過？之前連鬼王都敢嗆聲了，怕什麼鬼？」她不斷安慰自己，只是聲音越來越心虛。

縱使把話說的很好聽，但是週遭氣氛卻逼得她不得不疑神疑鬼，明明自己的陰陽眼什麼都沒看到，卻總覺得心底就是不踏實，一再回頭看自己背後會不會出現第三空間的好朋友，一連轉頭三次，依然什麼都沒有。

別說沒人，連個鬼影子都沒有。

若不是她擔心單位裡沒廁所可用，也犯不著蹲在這很有拍鬼片氣氛的現場。她無法克制心底的不放心，又再次回頭看個仔細，確定果真沒有任何「不乾淨的東西」，才悠悠地鬆了一口氣，心想自己也用的差不多，可以準備回去了！

正當她清潔完，輕快地拉上褲子拉鍊，準備打開門板上的喇叭鎖，猛然……

一張鬼臉以穿牆的方式，如同鑲嵌在門板上的動物標本一樣，睜大兩隻布滿青絲的眼睛直盯著綠豆，正確來說，應該是其中一隻眼睛卻沒有眼珠，而是要掉不掉地掛著。

「啊啊啊啊！有鬼啊！」跟鬼王嗆過聲又怎麼樣？現在她還不是嚇得屁滾尿流？

最重要的是，在她放鬆戒備時突然冒出頭，這種出場方式就算是活人也能把她嚇死，何況對方的模樣……實在有夠驚恐。

綠豆匆匆一瞥，難以斷定對方到底是男是女，尤其對方的腦袋活像是被聯結車輾過似的，搖搖欲墜的腦袋被撞歪不說，頭頂還破了一個大洞，黏在腦袋周圍的黏液分不清是腦漿還是血液，而且右邊的眼珠子還掛著在眼眶外，雙唇還往外翻，牙齒七零八落，連鼻子也是歪七扭八，八成撞斷了。

媽媽啊～為什麼自己看得這麼仔細？這下子她又要一連好幾天沒辦法好好睡覺了！綠豆在心底哀號。

「鬼？」突然鑲嵌在牆面上的腦袋開始慌張地引領張望，若不是五官已經支離破碎，應該可以看見他驚嚇指數高達百分百的神情，「鬼在哪裡？我這人什麼都不怕，最怕鬼了！」

咦？聽他這麼恐慌的叫喊，反而讓綠豆納悶地抬起頭再看他一眼，強忍下喉嚨裡的作嘔反射，伸出劇烈抖動的手指，她懷疑再這麼抖下去，搞不好自己也會有骨折的疑慮了。

「拜、拜託……你出門都不照一下鏡子嗎？這邊只有我們兩個，難道是我長得像鬼嗎？你們老師沒說過……別三更半夜出來嚇人嗎？」綠豆結結巴巴地嚷著。

「我是鬼？」對方一副很驚訝的口氣，「怎麼可能？我是鬼？」

顯然他無法接受這件事實。

「那你去照照鏡子啊！你說你不是，但是你長得比誰都像鬼喔。」綠豆直指洗手臺方向，她現在只希望他快點退出廁所，好讓她有逃生的機會。

果然，腦袋瞬間消失在廁所門板上，綠豆拚著僅存的力氣想溜出廁所，才一踏出廁所，就瞧見他的背影。雖然只能看見背影，卻也將他不符合人體工學的四肢看在眼裡，就算不是專業的護理人員也能看得出他四肢全斷，搖搖晃晃地只靠著皮肉支撐著，他還能站著根本就是奇蹟了，不過對走路用飄而用不到雙腳的鬼魂而言，似乎用不著大驚小怪。

綠豆根本不想和其他世界的朋友有多餘的接觸，趕緊踮起腳尖，打算開溜。怎知剛踏出第一步，耳邊一陣寒風呼嘯而過，吹亂了她的髮，眼前鬼影也阻斷了她的去路。

這一回她可是看見他的正面，不僅只是腦袋和背影而已，這一看，別說今天的宵夜都快吐出來，連前天的早餐都要回歸大地了。

綠豆什麼都沒仔細看，偏偏就是看見腸穿肚爛的模樣，不但所有內臟都透過肚子上那血肉模糊的傷口看出輪廓，連內臟都有不斷冒著鮮血的跡象，只是他的血是黑色，不是一般人的鮮紅血液。

「哇靠！」她喜歡看驚悚片，但是也不需要在自己眼前這麼驚悚吧！透過電視和直接看到，簡直是天壤之別，就算當初學校課程安排屍體解剖也沒這麼恐怖，記得當初大家之後一個星期看到肉類都吞不下去，她卻還開懷大吃豬肉火鍋，現在呢……她可能要吃一個月的素食了！

「喂，鏡子裡明明什麼也沒有啊。」他逼近她，納悶地問著，似乎依舊無法接受自己已經往生的事實。

「廢話，你看過哪隻鬼會出現在鏡子裡？」她只是想引開他的注意力趁機逃走而已，誰管他看不看得到，「你想想，哪個正常人的腦袋可以穿過廁所門？而且你看起來活像是被火箭筒撞到彗星那麼慘耶！」

經綠豆這麼一說，鬼魂的心頭閃過前所未有的緊繃，想低頭看看自己的模樣，但是卻因為綠豆的反應而感到由衷的掙扎，就怕看到自己無法接受的事實。

不過，他知道自己不能不看。

他就像是快要沒電的機器人，動作僵硬而緩慢，而且加上他看起來外傷嚴重，想要低頭也有點難度，看著它只能以極慢的速度低頭觀看，綠豆再度把握機會，這次運氣比較好，一連跨出兩步，可以拔腿狂奔了。

「哇！嗚嗚嗚嗚嗚嗚嗚……」

背後突然爆出驚動天地的哭聲，想也知道屬於誰。

綠豆本來打算置之不理，再度向前邁進兩步，但是哭聲越來越淒厲，平時哭點很低的她實在狠不下心腸，一邊咒罵自己，一邊回過頭走向依舊盯著自己殘破身軀的鬼魂。

「別哭了，你趕快趁頭七之前找到回家的路，現在你家人應該還沒來接你，還是我幫你找找，好請他們帶你回家？」綠豆怨嘆自己好管閒事的個性怎樣都戒不掉，平時幫人也就算了，連好兄弟都幫起來了。

鬼魂感激地抬起頭，一把鼻涕一把眼淚地點點頭，只是淚水、鼻涕和著腦漿及黏稠黑色血液的模樣實在有夠驚人。

綠豆硬是再度吞下噁心感，「你叫什麼名字？你住在哪裡？要怎麼聯絡你的家人？」

聽到綠豆的問題，鬼魂的劇烈哭聲乍停，斷得又急又快，這麼急劇的變化頓時讓綠豆感到措手不及，不明白怎麼回事。

「我……我想不起來！我……想不起來我是誰！」鬼魂猛然盯著綠豆，哽咽的嗓音帶著迫切的激動，感覺他現在是連哭都哭不出來了！

天啊，綠豆忍不住在心底悲吼，她到底又蹚了什麼渾水啊……

# 第三章　車禍事件（三）

綠豆慘綠著一張臉，看著眼前被撞的七零八落還不知自己身在何處的無主鬼魂，當下也是一個頭兩個大。

「你不知道自己是誰，那我怎麼幫你啊？你該不會要我大海撈針，撈出你的身分吧？」綠豆真想大叫，為什麼倒楣事全都自動找上她啊？

「拜託妳……我真的不知道自己是誰，我什麼都想不起來啦！」鬼魂嗚咽地嚷著，看起來亂可憐的。

綠豆這時想走也不是，不走也不是，完全不知如何是好，眼前的無主孤魂簡直和路上的流浪狗沒兩樣，她生平就是丟不下這些可憐的生物。

「好啦好啦，別再哭了，我現在還在上班，等我忙完再幫你。」她沒好氣地咕噥著，心裡想著單位裡還在兵荒馬亂的時刻，事情總有輕重緩急，她必須快點趕回去才行。

她實在沒時間安撫鬼魂的情緒，只能先迅速奔回單位裡，再怎麼說現在是她上班時間，能撥出一點時間出來上廁所，已經是上天和同事對她的恩賜了，哪能厚顏無恥地繼續賴在廁所。

天大的事情都等下班之後再說！

才推開單位的大門，就見依芳和阿啪在旁協助急救流程，至於其他兩名前來支援的護理人員也忙著處理其他病患的基本照護和監測，畢竟剛送來的病患也同樣狀況不穩，總而言之，現場看起來就像在戰爭。

「綠豆，妳打算拉到天荒地老嗎？還不快點滾過來幫忙！」阿啪一見到綠豆的身影，完全不顧形象地大叫，完全不管還有其他人在場。

綠豆氣得咬牙切齒，幹嘛讓全院上下都知道她去廁所嘛，不過礙於自己理虧，倒也相當識相地沒回嘴。

當她走近病床時，發現依芳掃了她一眼後，隨即眼神的焦距停留在她背後，綠豆冒出一股不妙的感覺，該不會躺在眼前的病患升天了，出竅的靈魂又在她身邊打轉吧？

雖然這種事情層出不窮，不代表她很習慣啊！

綠豆飛快地轉過頭，隨即映入眼簾的，竟是頭破血流、腸穿肚爛，外加一眼脫窗的鬼魂。

重點是，是剛剛廁所那個鬼魂！

「啊啊啊啊啊啊！」綠豆嚇得爆出一連串尖叫，還退了好大一步，竟然撞到正在準備電擊的馬自達。

馬自達被這麼一撞擊，整個人趴在病人的身上，六十焦耳的電量毫不留情地在他壯碩而略嫌肥胖的身軀裡流竄。連帶的，包含撞擊他而緊貼在一起的綠豆也感受到強而有力的電流。

馬自達的鮪魚肚還壓著電擊器，簡言之就是還沒辦法立刻拿掉電擊器，只能認命地一次電個夠。

醫師和護士被電在一塊，一個是趴在病人的上方發出悽慘的殺豬聲，一個是屁股頂著馬自達臀部而過電的張牙舞爪，在場所有人全看傻眼了，一時竟沒人上前幫忙。

還好依芳的手腳快，立即關閉電擊器，不過對兩人而言，有關沒關都一樣了，兩人已經被電到七暈八素，綠豆甚至以為自己要被電到菊花開了！

「妳……妳……搞……什麼……鬼？」馬自達狼狽地站起來破口大罵，只可惜所有的力氣全都用在剛剛嘶吼，現在反倒使不上力了。

「那個……我……其實是……呃……」

綠豆實在百口莫辯，她總不能老實告訴大家，在這個空間裡面出現了一個模樣恐怖至極的鬼吧？

就在她支支吾吾找藉口時，鬼魂飄至她面前，「喂，我們剛剛不是才在外面見過面，妳幹嘛嚇得臉色發白啊？」

嗶的勒——！

綠豆忍不住在心底飆髒話，這位鬼魂大人不知道自己的尊容有多可怕嗎？就算在她面前出現上百次，也絕不可能習以為常的！

無奈在眾人面前，她卻只能把滿肚子委屈憋在肚子裡，但是卻不知道怎麼面對馬自達，就當她真的對不起他好了……

正當氣氛陷入一片尷尬時，依芳突然出聲嚷著：「病人的心跳回來了！」她這麼一喊，所有人將注意力全都轉移到病人身上，大家一見到心電圖上的波形轉變為平穩，紛紛繼續後續治療，似乎誰也沒有心思討論方才綠豆的脫軌舉止。

在忙了大半夜後，病人們的狀況終於穩定下來，支援人力可以功成身退，阿啪抬頭望牆上的時鐘一眼，「時間過得真快，轉眼間就要下班了，終於可以解脫了！」

通常這種時候，綠豆絕對不會饒人地回個幾句，不過出乎阿啪的料想，今天她相當安靜。

無辜受害的馬自達本來想好好教訓一下綠豆，不過礙於今晚狀況實在太多，接到來自病房的緊急電話後，又一陣風似地拉著趙醫師快速離開。

原本地動天搖的單位突然安靜下來，就連神經和電線杆一樣粗的阿啪也感覺到有哪裡不對勁。

綠豆看了在場只有阿啪和依芳，再也忍不住哀號：「依芳啊……」

「妳想都別想！」綠豆還沒說完，埋首寫著護理紀錄的依芳直接拒絕。

「是他自己跟著我的，我又沒招惹他！說起來，他也很可憐，我們幫他找到回家的路就好了嘛。」綠豆繼續哀求著。

「什麼事都要管，妳家住海邊嗎？」依芳沒好氣的瞪了綠豆一眼，為什麼每次綠豆遇到古怪的事都會拖她下水？她只想當個每天擔心病人會不會在她面前掛掉，或是被阿長盯得滿頭包的小護士就好，為什麼這麼簡單的願望，綠豆就是不能成全她呢？

這一回無論如何她都不能再心軟，打死都不能隨之起舞。絕不！

「綠豆……妳……妳該不會又帶了什麼不乾淨的東西回來吧？」阿啪聽到他們之間的對話，渾身也開始起雞皮疙瘩，她遲早要跟阿長表明，絕對不想再當大夜班的班底了！

「我也很不想啊，他就一直跟著我，我也沒辦法。他真的很需要幫忙，看他全身被撞得稀巴爛的模樣，妳就大發慈悲地幫幫忙嘛，我一個人也不知道怎麼辦……」綠豆雙手合十，一臉哀求。

依芳側過身，打算來個眼不見為淨。阿啪則是乖乖窩在她的身邊，絲毫不敢靠近綠豆。

綠豆見她像是吃了秤坨鐵了心，完全不為所動，猛然像是豁出去似地大聲嚷嚷：「好啦，只要妳能幫我解決他的問題，上回妳答應燒給鬼差的銀紙我幫妳出！」

話才剛說完，依芳用力摔下手中的筆，隨即轉身將銳利眼光投射在綠豆的身上，簡直就像要在她的胸前燒出兩個窟窿……

「親愛的學姐，請問有什麼地方需要我幫忙？」依芳瞬間綻放出燦爛的笑顏，耀眼地讓人睜不開眼，方才的堅決全在這一瞬間拋到九霄雲外去，眉開眼笑的模樣，好不開心。

天啊……這臭丫頭的態度會不會轉變的太快了？怎麼突然覺得她跟某人有點像……

# 第四章　車禍事件（四）

依芳一口答應幫忙，綠豆卻是百感交集，因為這也表示她破了洞的荷包直接遷升為破了大洞的荷包，不過依芳倒是顯得心情大好，看起來連眉毛都在笑……

「這隻鬼是在單位外面的廁所遇到的，他看起來好像連自己已經掛了都不知道，連自己是誰都想不起來！」綠豆攤開雙手聳著肩，一臉無奈。

這時，鬼魂激動地嚷著：「喂！妳別老是鬼啊鬼的叫，聽了很不舒服。」

「你明明就是鬼，幹嘛不承認？」綠豆狠狠瞪他一眼，心想若不是他硬跟著自己，也不會惹出這些事端，「你連自己的名字都不曉得，我當然只能鬼啊鬼的叫。」

阿啪看著綠豆對著空氣大吼大叫，心底竄起一陣毛，迅速躲到依芳背後，心想若不是依芳也看得見，她真的會以為綠豆瘋了。

「依芳，綠豆幹嘛這麼抓狂啊？」阿啪縮著身體問。

依芳也是疑惑地緊皺眉心，搖著頭道：「我只看得見卻無法聽見，所以根本不知道他們在說什麼，而且我到現在還搞不清楚他到底在哭還在笑……」

歪七扭八的五官，實在很難讓人辨別對方的情緒變化，不過她現在沒有一探究竟的打算。

綠豆一吼完，隨即對著依芳嚷著：「這傢伙超級糊塗，什麼都不知道，連要幫他都不知從何幫起！」

依芳一聽，若有所思地晃著自己的腦袋，「之前我好像曾經聽我阿公說過，人若是在死前受到極度的驚嚇，死後的確會腦中一片空白，找不到回家的路，這時需要家人帶回家，叫他在原地等家人來招魂就可以了。」

依芳當下認為這是最棒的方法，輕鬆又省事，竟然這麼簡單就賺到，她簡直快要跳起來歡呼了。

「她說什麼？」鬼魂看依芳一臉自信，忍不住問身邊的綠豆。

這時綠豆才猛然想起，依芳的磁場與神明相近，一般鬼魂無法過於靠近依芳，加上他們的磁場不合，雙方根本就無法溝通，只能靠她這個中間人翻譯，於是她立即將依芳的方法轉告讓它知道。

「待在我死後的原地不動？」顯然鬼魂是一臉錯愕，「可是我一直都胡亂地飄蕩，現在我也搞不清楚當時到底從哪裡出現的……」

宛若遭逢雷劈的綠豆，恨不得一把掐住他的脖子，為什麼這傢伙就是不能快點放過她？

「你真該慶幸自己已經死了，不然我真想再讓你死一次！」綠豆快沒耐性地咆哮。

「那……他總有片段記憶吧？」依芳心想A計畫行不通，總要有個B計畫。

綠豆轉頭問它，他依然茫然地搖頭……

「那該怎麼找？難不成要去找他的屍體讓他喚醒記憶，好想起來自己是誰？可是一天裡面死的人也不少，從何找起？」依芳開始哀號，當下察覺這次的偏財恐怕沒那麼好賺。

聽依芳這麼一說，綠豆也皺起眉頭，「想找他的屍體也不容易，看他活像是被卡車輾過的肉包，都成餡餅了……」

「這模樣想找屍體更是難上加難，只能一個個讓他認，問題是，去哪裡找屍體？哪來那麼多屍體讓他認？」

這下子糟了，好像真的遇到瓶頸了。

正當大家陷入兩難時，單位的大門突然開了，出現的是好久不見的嚕嚕米，今晚的她正是大夜的 ON CALL 人員，發生省道車禍的大事件，當然也被叫出來支援，只是她今晚是支援二樓的加護單位。

嚕嚕米一進單位就發現大家臉色詭異，四周更是瀰漫著說不出的陰森感，直接起了一身雞皮疙瘩。

「嚕嚕米，現在才凌晨五點多，怎麼就跑來三樓了？」依芳是那種隨時隨地都可以裝作若無其事的人，在場也只有她感覺起來最怡然自得。

「呃……樓下的無菌治療碗都用完了，來跟你們借一下！」嚕嚕米也曾和他們共事，憑著自己的野性直覺，當下就覺得這裡有說不出的怪。

「今晚也急救了兩床，外傷的病人也多，我們也都沒有存貨了，妳可能要去七樓病房借。」綠豆對於工作方面的事情絕對不馬虎，單位裡的器材可是瞭解得一清二楚。

一提到七樓，嚕嚕米隨即面有難色，但是想到樓下的學姐急著要用，說什麼也不能耽誤……

「嚕嚕米，妳幹嘛看起來像是要去送死一樣啊？」綠豆納悶的問。

只見嚕嚕米扭捏地望了他們一眼。

「學姐，難道妳沒聽說過單位前面那座電梯的靈異故事嗎？」

「電梯？」綠豆想了一下，單位前的電梯屬於醫療使用電梯，大部分都是接送躺床病人時使用，所以護理人員平常都是搭另一邊的小型電梯，不過……這電梯出了什麼狀況嗎？

「最近傳言那電梯怪怪的……」嚕嚕米欲言又止，她其實一點都不想知道跟靈異有關的消息，但是這些事情就是會傳到她耳裡，讓她上班都不安穩了。

怎知，依芳卻忍不住翻了翻白眼，心想如果告訴嚕嚕米這裡有這被撞得稀巴爛的幽靈就在附近，根本不用坐電梯就能享受這種刺激的快感，不知道她會不會崩潰？

「唉呀，妳該不會聽到網路上那個手指綁紅線的鬼故事吧？那個已經不流行了啦！」綠豆一臉坦然地聳著肩，「難道妳不知道糖尿病有三多，吃多喝多加尿多，醫院一樣有三多，病人多、死人多，還有就是鬼故事最多！說實在的，臺灣什麼地方都有鬼故事，哪來那麼多鬼？別自己嚇自己了。」

自從有了陰陽眼，她說話倒是越來越大聲了，明明自己也怕得要死，在嚕嚕米面前卻一副老神在在的模樣。

「真的啦！學姐說她今天想偷懶，就近搭那座電梯，結果她剛站在電梯面前，電梯就自己開了，她還沒按鈕，而且電梯裡沒人！另一個學姐也說上次來三樓支援，下班時看到電梯就停在三樓，心想直接坐電梯下樓，怎知她按鈕之後，裡面卻走出來一個人影，她還在想說電梯都沒動，這人待在電梯裡做什麼？而且那人又不是我們醫院裡面的人員，她覺得奇怪的時候回頭，卻發現人影早就不見了。

妳也知道三樓只有我們單位，廁所又在另一邊，一個人怎麼會憑空消失？」

一陣冷風吹過，嚕嚕米說得煞有其事，臉色都發白了，看起來她真的怕死非人類的朋友了。

「那妳不會來問依芳啊？這種事情來問她就對了。」阿啪拍拍依芳的肩膀，對方還是一樣面無表情。

但是嚕嚕米卻劇烈地搖頭，「依芳就算看到也會說沒有好不好。」

此言一出，綠豆和阿啪不約而同地點頭，不愧是一同共事過的搭檔，真瞭解伊芳。

嚕嚕米實在不想搭乘謠言眾多的電梯，但是也不想繞到另一邊搭電梯，因為必須經過那條又暗又長的走廊……雖然她贊成節約省電、注重環保，但是她的心臟實在太不中用，還是會怕……

「好啦，我陪妳總行了吧？」綠豆在職場上也算是相當照顧後輩，跟新進人員總是不分彼此，這也難怪依芳快爬到她頭上去了，「這裡算是暫時控制住了，陪妳去七樓應該也沒關係。」

嚕嚕米喜出望外，連忙跟著綠豆走出單位，一到電梯口，綠豆想也不想地按下按鈕，電梯門一開，什麼影也沒有，若真要說有鬼，只有跟在自己身後的鬼魂……

那張恐怖至極的臉，看到都有點麻木了，只要不是動不動就突然冒出來，她應該不會再被嚇到。

「看吧，沒有人影，電梯不會自動打開，妳想太多了。」綠豆和嚕嚕米踏進電梯後，綠豆一臉正經，這時候可是學姐的架式十足，實在看不出平時的脫線舉止。

嚕嚕米鬆了口氣，綠豆正要按下電梯裡的數字「七」，怎知電梯門卻自己關了起來，在還沒按下任何按鈕的情況下，開始向下移動……

瞬間，綠豆和嚕嚕米兩眼對望，眼底充滿了恐懼和錯愕，嚕嚕米甚至不爭氣的眼眶含淚。

「別怕別怕。」綠豆企圖穩住陣腳，「這一定是電梯太久沒保固了，所以有一點小狀況，只要別停在地下一樓就好。」

地下一樓？嚕嚕米聞言，臉色發青、兩眼發直，綠豆若沒提醒，她還沒想到地下一樓是太平間……學姐為什麼要在這時候提醒她啦，嗚嗚……

此時嚕嚕米已經呈現歇斯底里的狀態，開始敲著電梯門叫喊：「放我出去！我不要去地下一樓！救命啊！」

怎麼感覺自己越幫越忙？綠豆也開始飆冷汗。

「這電梯一定有鬼，一定有啦！我長這麼大還沒遇過鬼……」實在很難相信，說這話的就是裡面唯一的「鬼」，綠豆暗忖這傢伙到底在湊什麼熱鬧啊？現在她真的一個頭兩個大，為什麼她老是遇到這種莫名狀況？

嚕嚕米驚慌失措也就算了，連空間內唯一的非人類也緊張得團團轉，綠豆心想，他到底有沒有自覺？他才是讓人恐懼的源頭吧？

「先冷靜一下！」綠豆大叫一聲，試圖讓一人一鬼冷靜下來。

果然這麼一吼，一人一鬼停下了歇斯底里的舉動。

嚕嚕米哀怨地看了綠豆一眼，開始在自己的身上畫十字，「聖母瑪利亞、耶穌基督、佛祖觀音、阿彌陀佛……」她在嘴裡念念有詞，結果旁邊的鬼魂也有樣學樣，開始跟著照做，但是當電梯經過一樓還沒停……

「救命啊啊啊啊！」嚕嚕米完全喪失理智，開始在電梯裡橫衝直撞。

「妳先冷靜下來啦！」綠豆超想往她的後腦勺巴下去，還沒被鬼弄死就會先被她吵死！

不過，現在不是計較這些事的時候了，因為電梯停了下來，所在位置的確在地下一樓，眼看電梯門就要打開……

怪談病院
第五章　車禍事件（五）

當電梯門緩緩打開，綠豆除了一道刺眼的光線外，什麼也看不到，而嚕嚕米則是逃避現實似地死都不睜開眼，用手摀著臉放聲尖叫，叫聲之尖銳、宏亮，不但快震破綠豆的耳膜，感覺連電梯的纜繩都快承受不住了。

怎知嚕嚕米的叫聲未歇，電梯外的刺眼光線陡然消失，一陣恐怖至極的尖叫聲隨之傳來，最詭異的是跟在綠豆後面的鬼魂也瞎起鬨地喊著：「快關電梯、快關電梯！」

來不及細想，綠豆拿出平時上網打怪的一指神功猛按電梯按鈕，眼看按鈕都快被戳爆，電梯門卻像是被詛咒一樣怎麼也關不起來，此時門裡門外叫成一片，誰都沒辦法思考，連綠豆也遏止不了這片恐怖的氛圍，她在近乎喪失理智的狀態下，連忙對著身邊的鬼魂叫囂著：「喂！外面那個搞不好是你的好兄弟，你趕快勸他放我們走啦！」

「我不要！我自己也很怕啦！跟妳說過我生平最怕鬼，我死也不要出去！」鬼魂縮在角落裡哆嗦著，怎樣也不敢抬頭。

「死也不出去？你早就死了還怕什麼鬼？你自己就是鬼，而且你這副模樣一走出去，搞不好其他鬼還比較怕你！」綠豆在腦袋無法正常運轉的情況下開始嘶吼。

早已尖叫到沒力的嚕嚕米一聽到綠豆對著空氣的對話，虛脫般地嚷著：「學姐，妳剛剛說什麼？電梯裡面真的……有……鬼……？」臉色蒼白的樣子，看起來隨時都有可能暈倒，「啊啊啊啊啊啊──」

「啊啊啊啊啊！」電梯裡的鬼魂又跟著尖叫起來。

「你們……到底在叫什麼鬼啦？」此時，電梯外傳來沉重的呼吸聲和驚恐異常的嗓音，如果仔細聽，還可以察覺牙齒打顫的聲音。

怪了，聽這聲音，感覺像是個人……

綠豆總算回魂了，連忙瞇起眼睛，以便適應電梯外面的一片黑暗。

在黑暗之中，透著電梯裡面的光線，視線仍然相當有限，好不容易才瞧清楚門外的人正穿著警衛的制服。

「吼！是警衛先生啦！」綠豆沒好氣地大叫，「警衛先生，拜託你好心一點，我們差點被你嚇死了！」

「我才被你們嚇死咧！拜託你們不要沒事大吼大叫，萬一我心臟一個無力，連掰掰都來不及說怎麼辦！」警衛確定對方是綠豆，當場翻白眼地拍拍胸口，「若不是地下一樓的保險絲燒掉，我也不用一把年紀了還跑下來活受罪！」

綠豆認得這位警衛，他可是醫院裡最資深的警衛，已經五十多歲，今年準備退休了，正逢今日出現大量傷患的特殊狀況，可能所有年輕力壯的警衛都出動了，害他不得不親自出馬處理棘手問題。

「可是……可是……這電梯到底是怎麼一回事？」嚕嚕米依舊很緊張，聲音都在抖。

「電梯最近在維修，怎麼說它也跟我一樣上了年紀，修了好幾次，還是怪怪的，明天請工務組請維修人員過來看一下好了。」老警衛撿起掉落地面的手電筒，一腳跟著踏入電梯裡，一手隨意地往太平間的方向掃了幾下，「看起來也沒什麼事，現在已經快天亮了，等等再請我們裡面的小夥子過來處理好了！」

「呃，對對對，我們快點回去！快點！」不知怎地，綠豆突然臉色刷白，猛按電梯裡的樓層數字。

一旁的嚕嚕米和老警衛不明白綠豆怎麼會突然激動起來，不過目前的氣氛實在讓人渾身不對勁，沒人想多留一秒，只見老警衛老練地踹了電梯兩下，電梯聽話地關上了門。

儘管電梯正常地向上攀升，綠豆的臉色卻沒有絲毫好轉，反而面如死灰，動也不動地縮在角落，不發一語。

嚕嚕米搞不清楚這是怎麼一回事，不過電梯裡老是跟著綠豆的鬼魂也是一臉的惶恐和驚慌的朝著綠豆的耳邊小小聲哀號著：「為什麼……突然擠進來一大堆的好兄弟啊？」

綠豆兩眼發直，如今就連空氣都覺得稀薄，她也很想知道為何今天會多出這麼多的鬼魂，雖說平時看見的好兄弟不算少，但是很少一口氣看見可以將電梯擠得滿、滿、滿的情況，著實讓她嚇到說不出話來。

電梯爭氣地直奔三樓，電梯門一開，綠豆幾乎是連滾帶爬地離開電梯，電梯門關上瞬間，她確信其中一名臉色發青的鬼魂緊盯著她，嘴邊還掛著詭異而勾人心魄的弧度，不過最慘的是……不知情的嚕嚕米和警衛兩人仍然繼續坐著電梯直奔七樓……

綠豆心底浮起一絲罪惡感，但是她卻也清楚明白，萬一她據實以告，只怕這兩人明天還來不及遞辭呈，就先掛急診了！

始終跟著綠豆的鬼魂也看似驚魂未定地滾出電梯，說實話，她實在看不出他還能有什麼表情，而且她現在哪還有空管他？她急著找依芳，並且要搞清楚為什麼醫院突然多了這麼多的鬼魂。

「依芳！依芳！」綠豆勉強邁開癱軟的雙腿，費力地衝進單位，還沒看到人就像是叫魂一樣似地呼喊著依芳。

「學姐！救人喔！」依芳一聽見聲音，根本也還沒看見人影就跟著大聲叫嚷著，完全不讓她有說話的機會，「學姐，妳又拉肚子了嗎，怎麼現在才回來？病人又開始不穩了，剛剛外科來過，表示要開急刀，馬醫師和趙醫師現在都在急診支援，根本抽不開身，妳快來幫忙！」

拉肚子三字一響起，綠豆的眉頭開始皺起，現在的她不得不認清一個殘酷的事實，今日的拉肚子，終將成為日後大家口中調侃她的笑柄，而且可能直到她斷氣以後還不會因此而消失。

果真笑柄恆久遠，拉肚子永流傳她……忍不住嘆了一口氣，明白一失足成千古恨的道理，但是……這也不是她願意失足的啊～

不過阿啪可沒時間讓她展現悲天憫人的戲碼，急忙嚷著：「剛剛急救回穩的病人又開始急救了，他的狀況真的非常糟，可是現在完全聯絡不到他的家屬，是不是聯繫一下社工？他看起來隨時都會走！」

綠豆趕緊跟上前去，一見到眼前的男性病患，當下知道就是先前急救的年輕患者，他看起來真的很糟，急救藥全都用到最高計量，傷口仍不斷湧出鮮血，滲紅包裹傷口的層層白紗，姑且不論其他傷勢，光是失血過多就足以讓他休克了。

「趕快請血庫準備血漿，現在立刻抽血檢驗他的Hb（血紅素）剩多少，凝血功能是否正常，我們這邊的大量輸液先掛上，想辦法快點止血，開刀房那邊聯絡了嗎？」綠豆沒時間跟依芳描述太平間的情形，急忙開始作處理。

這時飄蕩在綠豆身後的鬼魂湊上前來看了一眼，忍不住哎喲一聲，「這傢伙還需要救嗎？整張臉都纏著紗布，乾脆給他一個痛快好了，他的樣子快嚇死人了！」

在場唯一聽得見他聲音的唯有綠豆，綠豆實在控制不了翻起白眼，咕噥著他有資格說別人嗎？他的臉也好看不到哪去……

正當綠豆碎碎念的同時，阿啪突然接到外科來的電話，趕緊嚷著：「外科說病患張志明的情況較危急，打算先讓他插隊急開刀，恐怕等不及我們聯絡他的家屬了。」

綠豆看了眼前的病患一眼，「他再不開刀，恐怕是撐不下去，立刻連絡社工，請他們代為處理，準備送病患進開刀房！」。

依芳想也不想地衝上前，幫病患做好開刀前準備，一時忘記這個空間內還有個飄蕩的鬼魂，猛然靠近綠豆身邊的病床。

下一瞬間，鬼魂像是被打出全壘打的棒球，剎那間被擊飛，直接隱沒在牆角邊，唯獨綠豆聽見淒厲的慘叫，不絕於耳……

# 第六章　車禍事件（六）

「呃……抱歉，我剛剛衝太猛了，忘記他的存在了。」依芳尷尬地望著鬼魂穿過的牆面，不知道他被她的磁場反彈到哪去了。

綠豆聳了聳肩，掃了同方向一眼，「管他的，他已經掛了，怎樣都不可能再死一次，還是先處理眼前這個吧！」

綠豆一提醒，依芳趕緊加快速度處理，就在這時，白班的醫護人員陸陸續續來了，連馬醫師也旋風般地出現，幫忙穩定病患狀況，好讓他還有機會進開刀房。

忙碌的大夜三人組在筋疲力盡之餘交完班，終於將病患送進開刀房，在披頭散髮、外加狼狽兼憔悴的狀態下撤出單位，阿啪甚至連招呼都沒力氣打，無聲無息地消失在眾人面前。

「還好今天我們兩個放假，不然這個班這麼難上，別說病人，連我都快掛點了，錢真是有夠難賺。」依芳按摩著自己的雙肩，雖說自己還是新人，卻已經開始感受到身為護理人員的艱辛了。

綠豆則是扭著脖子，一臉哀怨，「當醫護人員就最怕遇到大量傷患，尤其是這種重大意外的大量傷患通常死傷慘重，阿長沒凹我們繼續加班就要偷笑了。」說到這裡，她腦中靈光一閃，總覺得聯想到了什麼，下一秒卻又毫無頭緒。

兩人有一搭沒一搭地走在前往護士宿舍的長廊，這條長廊走了不下數百次了，但是為了節省能源而始終昏暗的狀況仍讓人忍不住一陣毛，就算是具有陰陽眼的兩人也總是加快腳步。

「依芳，妳明明有神明保佑，那些東西根本不敢靠近妳，平時也見妳不動聲色，幹嘛老是經過這條路時走得這麼快？搞得我也好緊張……」綠豆在她背後叫著。

「開什麼玩笑？對於這種事情我見得比別人多，當然要比別人怕！我平時的不動聲色也是花了我二十年的時間練出來的，要知道明明心跳一百八十，臉上還不能有表情有多困難！」依芳回話時的神情依舊沒什麼變化。

一旁的綠豆心想，她看起來到底哪裡怕啦？不過看她越走越快，雖然什麼都沒看見，但是下意識也配合起她的速度。

「俗辣！」綠豆拉住她，忍不住調侃著，「怎麼說我們也經過大風大浪，又不是看不見，幹嘛這麼緊張。」

依芳實在沒力氣跟她抬槓，心底暗想看不見的人是疑神疑鬼的瞎緊張，看得見的人可是實實在在嚇得魂飛魄散啊……

綠豆不知哪來的精神，又開始高談闊論，「依芳，妳這樣不行啦，妳這天師傳人這麼膽小，以後怎麼見人？再怎麼說，害怕是我這種平常人的權利……」

話還沒說完，綠豆突然定格，緊盯著前方的兩隻眼珠子簡直快掉出眼眶了。

起先依芳還沒察覺不對勁，但聽到愛說話的綠豆突然噤了聲，她就知道肯定不對勁了。朝著綠豆注視的方向一看，只瞧見長廊盡頭出現了一顆頭顱，頭顱上披散著黑色長髮，不論從哪個角度看都看不見五官，最特殊的是天靈蓋上不斷湧出暗紅色血液，如果血再噴高一點，簡直跟噴水池沒什麼兩樣了。

沒有身軀的頭顱以相當緩慢的速度在地面上滾動，而且還發出「還我命來」的悽慘叫聲，隨即朝著綠豆和依芳的方向移動，依芳和綠豆則是呆立原地……

「呃……通常在這種時候，天花板上的日光燈不是突然熄滅，就是忽明忽暗，現在燈火通明……實在很沒氣氛耶，若是想嚇唬人，好歹也製造一下陰風陣陣，現在根本什麼感覺都沒有……」綠豆有點吐槽似地道，「外表也不夠驚悚，一出場就遜掉了，更別說『還我命來』這四個字的聲音一點都沒有讓人起雞皮疙瘩的感覺，實在很不恐怖。最大的敗筆就是移動速度太慢了，難道你生前都不看鬼片，通常鬼魂出現要猛然現身，或者出現的時候要瞬間移動，再不然就要若隱若現，這樣才有驚嚇的效果。連這些基本功都做不好，你當鬼也挺失敗的……」不肯輕易放過頭顱的綠豆繼續語帶同情地分析著。

聽到這些話，連一本正經的依芳也忍不住笑了起來，當下覺得綠豆果然一針見血，字字斃命，其實不用她說，光看也知道眼前的鬼魂能量微弱，幾乎讓她感受不到有特殊的磁場存在。

這樣的招數想嚇唬一般人也就算了，如今在她們面前要驚悚，分明就是不自量力。

頭顱一聽，瞬間像是被點了定身穴一樣動彈不得，隨即幽幽地從地板浮現自己的身軀，一見那破敗的身軀，她們想也知道是哪位了！

「你是吃飽太閒嗎？」綠豆翻了翻白眼，「何必搞這麼多花樣？你以平常的模樣就能把我們嚇破膽啦！」

以他殘缺不全的肢體和臉龐，就算認不出他是誰，想想當鬼能這麼悽慘的也只有他。

沒想到被依芳彈出去後，他還知道路回來找綠豆。

只見他狼狽地撥開頭顱前的頭髮，囁嚅著：「我想說當鬼也要有當鬼的派頭，不然在外面飄蕩會被其他野鬼欺負，就練習一下……」沒想到竟然慘遭羞辱，讓他都想再死一次了。

「阿飄！」綠豆萬般無奈地搖搖頭，「光是你的模樣就能把外面的好兄弟嚇得魂飛魄散，可惜鏡子照不出你自己，不然你看到自己也會嚇得屁滾尿流，你真的不需要搞這種排場，請快點認、清、事、實！」

只見鬼魂自怨自艾地轉過身面壁，這時聽不見鬼魂聲音的依芳卻一臉疑惑，「阿飄？他的名字嗎？」

「誰知道他叫什麼鬼名字，阿飄是一般人對鬼的代稱啊，總不能老是鬼啊鬼的喊吧？再怎麼說也該跟我們一起上班的阿啪著想，我可不想嚇到她。」

難得綠豆終於說了一句人話，反常地為阿啪著想，依芳正在感動的時刻，綠豆隨即補了一句，「阿啪被當成畜生已經很可憐了，我不希望她嚇成智障的畜生，這樣我很罪過說！」

「……」依芳心想，是她把綠豆想得太善良了……

這時綠豆想起了更重要的事，「依芳，今天凌晨我們搭電梯竟然誤打誤撞的到了地下一樓，結果出現一堆鬼魂，本來我想問妳是怎麼回事，不過我想大概和車禍脫不了關係，聽說這次車禍死傷慘重！」

依芳認同地點著頭，若說突然出現大量重症傷患，的確有這種可能，並沒有什麼好驚訝的，但是她卻發現綠豆的雙眼閃著耀眼光芒，每次要出狀況前，她就會出現這樣的眼神，依芳的心裡瞬間響起了警鈴……

「之前我們不是還在還煩惱去哪找屍體讓阿飄自己認領嗎？現在想想……屍體最多的地方不就是太平間嗎？反正明天我們放假，不如趁現在去看看！」綠豆豪邁地提議道。

一聽到太平間三字，依芳不由得倒抽一口氣，上回為了解決惡鬼周火旺，逼不得已必須到陰氣極重之地請鬼差，當時光是站在門口就覺得毛骨悚然，現在是打算直搗黃龍，心底不禁又是一陣寒。

綠豆見依芳的臉色不對，連忙嚷著：「難不成妳還要挑良辰吉時啊？我也是凌晨遇到那麼多鬼魂才猛然想到，昨天妳都沒見到那場面，電梯裡擠了滿滿的孤魂野鬼，還有好幾個幾乎快跟我黏巴達了。」

「我知道！」依芳一聽，臉色更為鐵青，「太平間的鬼魂八成是剛往生的新鬼，還帶有生前的習性，除非他們存心嚇人或是想跟著妳，不然一般靈體哪需要搭電梯。也就是說……他們的家人都還沒來帶他們回家，他們會在附近飄蕩，如果又遇上像阿飄一樣迷路的鬼魂，他們就會像磁鐵一樣的黏住妳，跟妳求救！」

這也就是依芳為何哀哀叫的原因，她自己是沒什麼問題，問題出在綠豆身上。太平間原本就是陰氣極重之地，若是一兩個靠上前也就罷了，偏偏太平間的鬼魂絕對不會少，成群的鬼魂聚集在一起的能量也相當驚人，她就怕自己不好控制場面。

現在，輪到綠豆倒抽一口氣……不……現在是感覺吸不到氣……一個阿飄就讓她嚇得頭頂都快冒芽了，若是全都黏上來，那她豈不是要變成豆芽菜了？

「不……不會吧……妳該不會是因為不想去，所以故意嚇唬我？」雖然嘴巴這麼說，不過以她對依芳的瞭解，她不太對這種事開玩笑的。

「妳的磁場和好兄弟相近就不用我說了，重點是這種磁場有相吸的可能，妳能看見他們，他們同樣感覺得出來，所以妳想假裝自己不是陰陽眼，很難。」依芳一臉嚴肅，「不過拿人錢財，與人消災，既然伸頭是一刀，縮頭也是一刀，我已經答應妳要幫忙了，太平間遲早都是要去的，那我們速戰速決吧！」

「這個……其實……其實我也沒有很急啦，我可以等到大家都將屍體領回之後再來認屍！真的，我一點都不急！」綠豆渾身冒著冷汗，超不習慣依芳這麼豪邁，反倒換她猶豫了，「俗話說，小心駛得萬年船，我們應該挑個良辰吉時比較好。如果可以的話，先翻一下農民曆……」

話都還沒說完，只見依芳立刻走向電梯，看樣子準備直衝地下一樓了。

綠豆嘆了口氣，個人造業個人擔，她自己先提議的，現在要吃苦頭了，為今之計也只能跟在依芳屁股後面跑，嘴裡邊哀哀叫著：「依芳啊，好歹妳身上的護身符借我帶一下嘛～」

兩人一鬼順利搭電梯到地下室，電梯門才一開，一陣冷風撲面而來，綠豆無法克制地打著哆嗦。

天花板上方的日光燈雖然全打開了，但是四周一片灰白而帶著歲月所留下的暗黃污漬，讓人有種昏暗而鬱塞的沉悶氣息，週遭的冷空氣讓綠豆渾身都不對勁，加上此處帶著與世隔絕般的寂廖，肅靜的令人膽戰心驚。

「依、依芳，妳感覺到沒有？這邊根本沒有窗戶，卻有一陣陰風，妳知道很多靈異故事都是從陰風開始……」

綠豆果真只會出一張嘴，當初不是她揚言到太平間幫阿飄找身體嗎？怎麼感覺換她打退堂鼓了？

地下室屬於密閉空間，加上太平間沒人想靠近，怕人瞧見整排停放的屍體而感到晦氣，所以根本沒有增設窗戶，既然沒有窗戶，哪來的風讓人覺得打從腳底直竄心窩的冷？

這時依芳無奈地掃了她一眼，指著天花板嘆口氣說道：「學姐，這裡的確沒有窗戶，不過有空調……」

通常放置屍體的地方必須控制溫度，避免高溫而增快屍體腐敗的速度，所以太平間的溫度通常比一般室溫還要來得低。

綠豆尷尬地撇撇嘴，誰叫依芳剛剛說她的體質就像磁鐵，害她胡思亂想起來。

依芳看了看周圍，確定沒什麼大危險後，以相當敏捷的速度竄入太平間內，綠豆見她沒有絲毫猶疑，當下認定此處絕對沒有危險，二話不說地快步跟進。

怎知才踏進停屍間，發現竟然站滿一整排的鬼魂，整齊劃一地猛盯著她瞧，瞧得她有種屁股都快著火的感覺。

「哎呀，依芳，醫院的生意有這麼好嗎？還是剛才那批坐電梯的鬼魂已經繞完醫院一圈，回來休息了？」綠豆緊張地差點被自己口水嗆到，他們這樣看著自己，到底是什麼意思？她真怕如依芳所言，到時有求於她的鬼魂全都一窩蜂地黏上來。

怎知依芳卻處之泰然的走向最靠近自己的屍體，原本排排站的鬼魂瞬間飛快的讓出一條路，這場面活像摩西過紅海，只是這片紅海由成群的鬼魂所組成，看上去亂可怕的。

「我猜除了這次車禍的亡魂之外，應該還有在醫院裡面遊蕩的孤魂，所以妳才會覺得怎麼這麼多『好兄弟』。」

面對沒有惡意的鬼魂，依芳向來可以視若無睹，但是綠豆卻像作賊一樣躡手躡腳，其中一名年約三十多歲的女性鬼魂竟然毫無預警的七孔流血兼雙眼上吊，猛然直撲向綠豆的面門，嘴裡哀號著：「我不想死啊～」

# 第七章　車禍事件（七）

當女鬼以不要命的姿態衝來時，綠豆趕忙拔腿在停屍間裡面亂竄，張口大叫：

「我也不想死，妳別過來！」

其他鬼魂看到女鬼動作這麼大，紛紛跟著追上去。停屍間不過就是幾坪大空間，還能跑到哪裡去？綠豆像是無頭蒼蠅一樣，只能在四面牆壁內胡亂衝撞，混亂的程度讓依芳一時也抓不住她。

如今場面越來混亂，空間內的魂體似乎有越來越多的跡象，更有不少從四面八方的牆壁裡湧出來，誇張的程度不亞於媽祖出巡，這群孤魂根本把她團團包圍住了。

有的孤魂在她的頭頂上盤旋，穿梭在身邊的氣息讓綠豆覺得異常冰冷，還有絕大部分在她周邊亂竄，每隻孤魂都哭喊著不想死，被困在正中央的綠豆只能抓著自己的雙耳搗著雙耳直發抖。

「學姐，妳的磁鐵效應未免太過強大了，竟然可以把周遭所有的孤魂野鬼全都引來了，我想中元普渡的時候只要讓妳的嘴巴叼支手電筒站在高處，效果恐怕比樹篙上面的燈籠還要好用，搞不好連美國的孤魂野鬼都會為了妳遠度重洋……」

顯然她太小看這群孤魂野鬼的力量，在陰氣極重的環境之下，他們呼朋引伴的能力實在驚人，看來她錯估情勢了，不過念在他們也沒什麼惡意，依芳一時倒也沒那麼緊張。

她很認真地站在遙遠的另一邊思考這個問題，不過在已是窮途末路的綠豆眼中，這傢伙根本就是在幸災樂禍。這時她想到，沒什麼能量的孤魂野鬼根本不敢靠近依芳，只要抓她當擋箭牌，也算脫身了嘛。

當下不管三七二十一，閉著眼睛往依芳的方向衝撞，心裡只想著無論如何都要殺出一條血路。

原本以為必須經歷一陣廝殺，好歹也該像抱著橄欖球準備達陣的球員一樣遭到敵方的夾殺攔阻，結果……只感到自己好像進入冷凍庫似地感受到冰寒刺骨，卻什麼阻力也沒有，害她一時用力過猛，根本煞車不及，只能筆直往眼前停放屍體的床架上猛力一撞，非常幸運地抱著屍體在地上滾了好幾圈不說，外加贈上香吻一個，還是千載難逢的嘴對嘴……

「小姐，我知道自己很有男人魅力，但我也是有老婆的人，請妳別趁我死後對我動手動腳……」盤旋在頭頂上的魂體發出難聽的笑聲，笑得綠豆感到頭皮發麻。

「呸呸呸！我再飢不擇食也不會找死人，這是我的初吻耶……我初吻的對象竟然是……啊啊啊啊！」綠豆欲哭無淚地大叫。

這時依芳趕緊跑上前，眼看大把孤魂又快速散開，她一把抓起綠豆嚷著：「學姐，玩夠了吧？我們是進來辦正事的，萬一妳毀的剛好是阿飄的屍體，那他要怎麼辦？」

「玩？我看起來像在玩嗎？」悲憤難平的綠豆一把抓起依芳，「我現在哪還有心思去管阿飄？這是我保存二十幾年的初吻，我怎麼會拿這麼珍貴的東西來開玩笑？妳還不快點想辦法讓他們別靠近我！」

「我早就說過……」

「吼！氣死我了！」綠豆不等依芳說完，隨手把她推到一邊。

沒想到這麼一推，原本聚集的孤魂閃躲不及，竟然像是保齡球瓶一樣，因為無形的撞擊而被彈飛，如同先前的阿飄一般，紛紛隱沒在牆面中。

「依芳，妳好好用啊！」綠豆引領張望四周，變得好乾淨，可是……那個……阿飄去哪啦？

剛剛在混亂之中沒注意他，難道他又被撞飛了？

今天的事主就是阿飄，找不到他的話，他們到底是為誰辛苦為誰忙？

「阿飄，你死哪裡去了？還不快點滾過來？」綠豆開始對著空氣叫囂，然而好不容易才穩住腳步的依芳往後一瞥，才輕聲喚道，「學姐，阿飄在最角落的屍體旁邊啦，妳看他的樣子好像怪怪的……」

怪怪的？一聽到依芳都這麼說，根本連想都不用想就趕緊躲到她的身後，只趕探出一顆頭顱，賊頭賊腦地張望。

阿飄恐怕一直都待在最角落，才沒被依芳的無形磁場掃到。只見他站在某具屍體前一動也不動，只剩那顆還沒脫窗的眼睛死盯著屍體，零落的五官讓人無法猜測他的情緒，但……似乎瀰漫著一股哀傷與憂愁。

「阿、阿飄……」綠豆輕輕喚了聲，「你……你在幹嘛？拜託，千萬別上演屍變那招啊……」

依芳睥睨地瞥了綠豆一眼，心想學姐果然除了臨床外，腦袋都是以異常狀態運轉，「學姐，要屍變也沒這麼容易，不然醫院早擠滿殭屍了。」

「不然……妳看他到底要幹嘛啊？平常就夠恐怖了，現在一動不動的是想嚇死誰！」

依芳也同樣覺得納悶，不過沒感覺到什麼不舒服的磁場，應該不會出什麼狀況才對。於是，她毫不留情地將綠豆往前推了一把。

「啊！幹嘛推我啦？應該是妳過去，妳才是天師的孫女，而且還是傳人，我什麼都不是耶！」綠豆趕緊退了回來，說什麼也不想靠阿飄太近。

怎知依芳這回則是毫不客氣的一腳將她踹至阿飄面前，嚷著：「我去有什麼用？妳才能跟他溝通啊。快點問他，是不是找到自己的屍體了？有沒有想起什麼？他現在的魂魄還在飄蕩，就表示家人還沒招魂，就算只想起片段也好，起碼有線索可以找到他的家人！」

依芳說的也有道理，這不就是他們今天的任務嗎？

說要幫忙的人是她，如今箭在弦上，說什麼也不能反悔，而且獅子座的她最愛面子，說什麼也拉不下臉。綠豆百般不情願地抬起頻頻打顫的雙腳上前，「阿飄，這個是不是你的身體啊？你是不是想起自己是誰啦？」

阿飄幽幽的轉過頭，「沒有，但是……我覺得這個人好眼熟，很熟悉……只是想不起來。」

聽見阿飄講話還算正常，綠豆才鬆了一口氣，不過她順著阿飄的視線往下移動，躺在眼前的屍體已經出現屍斑，看他身體也是經過縫補而拚湊完整，只是他的臉不像阿飄散得那麼厲害，而且恐怕他已經往生一段時間，軀體變得僵硬了。

在臨床上的往生者眾多，綠豆也不知送走了多少往生者，照理說她應該早就習慣各種發生意外或是久病纏身而身故的屍體，但眼前屍體卻有著說不出的違和感。

除了右邊嘴唇到耳際有縫補的痕跡外，下巴似乎也有碎裂跡象，因為整張臉呈現不對稱的線條，最恐怖的在於……他的眼睛大睜，猛然一瞧就像死盯著你不放的凶狠神情，一點都不像是死屍的眼睛，就是所謂的死不瞑目。

「天啊，這該不會就是你的身體吧？你生前看起來也不是什麼善類，你看那個長相，活像是整天討保護費的古惑仔，現在死後還是這副德行，連眼睛都閉不上。幹嘛？你還有債沒討回來，死也不肯瞑目啊？」綠豆一打開話匣子，就怎樣都停不了，一邊數落，還一邊發出嘖嘖聲。

「我不知道這是不是我的身體……」阿飄無奈地看了屍體一眼。

他只不過說很眼熟，又沒說身體是他的，綠豆幹嘛念念有詞，還一臉嫌惡啊？

這時，依芳緩緩上前，「阿飄說這是他的身體嗎？可是這眼睛……」她疑惑地低頭沉思，好一會兒才抬頭問，「在臨床上，我們不都是幫病患闔上雙眼才送出單位嗎？照理說，屍體不應該出現睜眼的狀態……」

經過依芳這麼一提醒，綠豆才猛然想起在臨床上，醫護人員的確會有這個動作，不可能讓病患睜著眼離開病房。如此說來，病患不是怎樣都闔不上眼，就是……闔上沒多久之後又自己睜開。

這個認知讓綠豆沒來由的往後彈跳一大步，照理說在臨床上不瞑目的病人只要輔助性的撫過眼瞼就能閉上，除非……

「阿飄，你到底有什麼遺憾啊？怎樣都不肯閉眼啊？」綠豆聽過傳說，只要是死後雙眼閉不上的屍體，通常最後不是變成厲鬼索命，就是夜夜纏身的冤魂，重點都是要命的凶，不帶走幾條人命誓不甘休。

「我、我也不知道自己有沒有遺憾……」阿飄還是一副傻乎乎的模樣，若說他有什麼冤情，實在也看不出有什麼殺傷力；若說他生前是被謀殺，綠豆也絕對不會驚訝，看他呆頭呆腦的模樣，搞不好被謀殺還搞不清楚狀況，就跟當初喝假酒的周火旺一樣。

正當綠豆滿腦子的OS當下，突然瞧見依芳臉色為之一變，猛然驚恐地望著她，急道：「不好！有極重的怨氣……」

# 第八章　車禍事件（八）

依芳剛說完，太平間內的氣溫頓時下降，而且散著一股說不出的惡臭。

兩人不由自主地發起抖來，不是因為身體覺得寒冷而顫抖，而是內心恐懼所引發的本能。

「依芳，這下子……應該不是冷氣開太強吧？」綠豆抓著依芳的衣角，緊張地四處張望，明明什麼都沒看到啊。

「如果冷氣的效能這麼好，我們醫院也用不著整天喊著節能了！」依芳同樣張大眼睛搜尋著周圍，但是她也什麼都看不見。心底沒來由地感到惶恐，她明明感受到這裡有著強烈的不對勁，難道是搞錯了？

不，絕對不可能！這樣的氣氛絕對不平常！依芳在心底堅定地告訴自己。

兩人平時總是多少會看見好兄弟在自己的眼前飄來晃去，雖然有不少次被嚇得寒毛直豎，但是現在明知道空間裡有著不同於一般的靈體卻看不見，心底就是沒辦法控制地直打哆嗦。

依芳慢慢地跨出一步，就連呼吸都不敢過於用力，「阿飄找到自己的身體了嗎？如果已經想起什麼，我們就快點離開，這裡讓人很不舒服。」

綠豆看了阿飄一眼，連問也沒問就拚了命地回答：「有啦有啦！剛剛那個屍體八成就是他的，現在他的腦袋不清楚，出去讓他冷靜一下就行了，我們還是趕快先出去吧！」

阿飄完全搞不清楚狀況，不過卻也感受到不對勁，光是聽到綠豆所說的最後一句，心中警鈴頓時大響，可說是連聲招呼都不打，飛快地隱沒在最靠近自己的牆面中。

「喂，阿飄……這傢伙也太沒義氣了吧？也不想想我們到底是為了誰在這邊出生入死啊，等我……」綠豆沒好氣地抱怨。

猛然，牆角邊竄出一抹黑影，綠豆的眼角好死不死地看到餘影，瞬間像是遭到雷擊地往後彈跳，這一跳還是好大的一跳，瞬間已經在依芳背後了。

「依、依芳……妳剛剛有看見什麼嗎？我看見牆角有個黑影！」綠豆慌亂地問。

依芳搖著頭，「沒有啊！」

「我明明有看到……」綠豆開始懷疑自己是不是緊張過度而產生錯覺，但是……真的只是看錯嗎？

看不見的危險比看得見的還折磨人，就連依芳也開始緊張起來，但是四周除了整排的屍體外，什麼都沒有。

依芳皺起眉，「沒時間管阿飄了，我們快走！」

綠豆點頭如搗蒜，兩人動作飛快地直奔太平間大門，就這麼幾坪大的空間，怎知綠豆才朝內拉開大門，猛然一聲巨響。

原本握著門把的綠豆連門帶人被一股劇烈的力量拉往反方向，只見大門沒有上鎖，卻關得死緊，任憑她再用力也拉不開。

「不會吧！」依芳見狀，忍不住哀號起來，一箭步衝上前幫忙，但是兩人使盡全身力量，大門依舊無動於衷。

「到底是怎麼回事？剛剛妳不是趕跑了所有的好兄弟，難道還有漏網之魚？」

綠豆大叫。

「別忘了，我身上的磁場對怨氣極重的怨鬼、厲鬼是起不了作用的！」依芳已經急得冷汗直流。

如果她沒猜錯，這空間內絕對有難以解決的幽靈，只是……為什麼她沒看到任何蹤跡？

「管他什麼鬼，趕快想辦法開門啊！」綠豆開始歇斯底里地撞門。

這時，依芳瞥見一抹黑影迅速晃過眼前，若不是空氣中還殘留著過於冰冷的氣息，她差點以為是自己的幻覺。

「學姐，安靜一下。」依芳突然拉住綠豆，現在徒有蠻力是解決不了任何問題，「這傢伙是存心逗著我們，他既不出聲，也不現影，擺明想要嚇我們，若是現在我們亂了陣腳，會壞了自己的氣場，反而讓對方有機可趁！」

「妳……妳現在到底在說什麼？什麼氣場？什麼有機可趁？」綠豆一頭霧颯颯，不過現在還是聽依芳的比較保險。

依芳屏息輕聲說：「妳有聽過老人家說過嗎？夜深人靜時走在半路上，如果聽見有人喊妳的名字絕對不能回頭嗎？」

綠豆點點頭，這故事聽了好多遍，卻從來都不明白為什麼，「我阿媽好像說夜半一回頭就會被勾走魂魄……」

「差不多意思！」依芳此時已經稍稍冷靜了下來，「我聽我阿公說過，人有三昧真火，分別在雙肩和天靈蓋，這有點像是我們人類的保護機制，只要我們身上的真火越旺，邪門歪道越是不能靠近。

「當妳發現原本沒人的地方卻有聲音在叫妳，他的目的是要妳回頭，以便吹滅妳肩膀上的真火。所以為什麼老人家總是說絕對不能拍孕婦的肩膀，也是同樣道理，因為孕婦懷著孩子時相當脆弱，真火除了保護孕婦，還要保護孩子，若是拍滅了其中一昧真火，最危險的當然就是胎兒了。」

「依芳，妳現在說這個跟我們的狀況有什麼關係？我不是孕婦啊。呃，還是妳是叫我等一下不要回頭？如果妳想講古，可以等離開這邊再講嗎？」

依芳翻了個白眼，再次耐心解釋：「學姐，我說這些就是要告訴妳三昧真火有多重要，如果妳的正氣越高，真火就越旺，若是妳越慌亂，妳的氣場會被干擾，真火相對會減弱，聽懂了沒？」

正氣？真火？這下子綠豆果真稍微冷靜下來，顯然她努力想搞清楚依芳所要表達的涵義。

「正氣要高昂喔？我想想，要說正氣，應該最佳代表就是岳飛的正氣歌，不過那是國中的課文，妳還記不記得內容？啊！應該是……天地有正氣～雜然賦流形～」綠豆突然沒頭沒腦地大聲背誦課文，問題是她發顫的聲音，聽起來實在很虛，哪有什麼正氣可言

綠豆本來就是大嗓門了，這麼放聲背誦，待在她身邊的依芳差點耳鳴。她心想，為什麼學姐的思考模式老是和一般人不同啊？就算想搞笑，也該看一下場合吧？

「學姐！學姐！正氣歌是文天祥寫的，不是岳飛，岳飛寫的是滿江紅！」怎

料到，依芳居然也張口說了一句不要不緊的廢話。

綠豆一聽，頓時臉紅了，「都什麼時候了，妳還在跟我計較文天祥和岳飛，我沒說正氣歌是花木蘭寫的就不錯了！妳不是要正氣？快點跟我一起念啊！」她見笑轉生氣地大叫，突然要起學姐的派頭了。

「我說的正氣不是這個意思……」

「不然是哪個意思？還是要背滿江紅才有效？滿江紅第一句是什麼？」

「不是啦！」

「不然是什麼？妳講話可不可以直接一點，不要拐彎抹角？現在這種情況沒時間讓我思考了啦！」綠豆完全失去耐性了。

「誰叫妳的腦容量只有綠豆大小，我都講得這麼明白了。」依芳也不甘示弱地回喊。

「腦容量小？妳說我腦容量小？妳說妳到底哪裡說明白啊？妳說正氣要提高，我這麼積極，妳還說不是這樣，不然要哪樣？妳給我說清楚！」綠豆在壓力之下，嗓門也跟著大起來。

「我剛剛不就說了……」

「喂……你們尊重我一點好不好……」兩人的身後突然傳來一陣飄忽而又難聽的聲音，彷彿來自地府的呢喃。

「關你什麼事啊！」綠豆和依芳不約而同地轉頭大叫。

但是當他們看清楚眼前是什麼人的時候，突然像是身上裝上彈簧，兩人默契十足地往後彈跳好大一步。

眼前的……根本不是人……

這傢伙下巴被撞歪了，右邊嘴唇到耳際裂了一道口子，這也就算了，他不但七孔流血，而且肚子鼓得很大，簡直比懷胎九月的肚子還大。

而且這男人的面容和特徵，怎麼有點眼熟……

「啊！」綠豆的腦中突然浮現一個關鍵畫面，她想起來為什麼這麼眼熟了，

「你……不就是剛剛躺在最後一排的那……那個……屍體？」

綠豆這一提醒，依芳也頓時回想起來，驚覺方才的不是阿飄的屍體，而是眼前這位老兄的，難道說，怨氣就是由它而生？

一定是！她聽得見他的聲音，表示他的能量不同於一般幽靈。

「對、對不起，如果……你是不高興我動過你的身體，我跟你道歉，幹嘛裝神弄鬼地嚇人？我會怕捏！」綠豆立即矮下身子頻頻示好。

「我弟弟在哪裡？」眼前的幽靈一臉凶惡，轉眼間已經飄到綠豆跟前，嚇得綠豆瞬間又以人類極限往後跳躍。

「大……大哥，您是哪位啊？我怎麼知道你弟弟在哪裡……」

# 第九章　車禍事件（九）

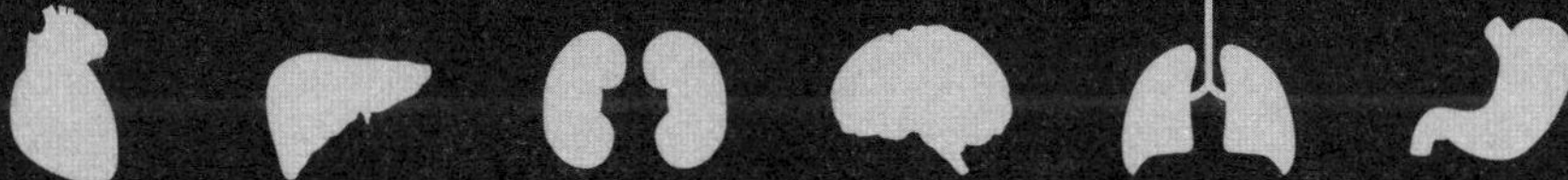

綠豆試著微笑，表達自己的善意，但是她看起來卻像是中風後的顏面神經失調。

「把我弟弟找出來！」對方顯得相當凶狠，滿臉橫肉又相當不客氣，一點都不像是拜託別人的語氣。

依芳看著眼前的怨鬼散發著野蠻霸道的氣焰，心中按忖這傢伙八成在生前也是這副德行，一開口就將流氓性格展露無疑。

「不好意思，我真的很忙，你前面還有人排隊找我幫忙，可不可以請你找別人？」綠豆不只是顏面神經失調，她已經感覺到連胃都在抽筋了。

現在到底是什麼世道？為什麼所有麻煩事全來了？阿飄的事還沒解決，又冒出一個「魔神仔」要找弟弟，真當她是什麼靈界偵探嗎？

「排隊？我張寶明從小到大都沒在排隊，只會插隊，不論現在我前面排著誰，妳只能幫我！」張寶明渾身散發著流氓的氣焰，完全沒有妥協的餘地。

依芳一見這怨鬼這麼囂張，也忍不住皺起眉心，他雖然看起來不至於對他們有惡意，但是他的口氣卻也不怎麼友善，再拖下去，只怕情況會一發不可收拾。

「你家人到時會招魂把你帶回家，你到處亂跑反而找不到路！」依芳終於開口說話了。

張寶明卻冷哼一聲，「妳這臭ㄚ頭知道什麼？我的家人只剩下我和我弟弟兩個人，他和我坐同一部車子出車禍，妳現在叫誰來招魂？不懂就閃一邊去！」

這傢伙的態度實在太惡劣，依芳扳起面孔，怒道：「你與我們身處不同空間，若有任何問題，自己到閻羅殿上找人幫忙，別在這裡找我們麻煩。如果你好心一點放我們出去，起碼你我互不相干，誰也不犯誰！」依芳的口氣顯得高昂起來，遇到這種惡霸，她的氣勢可是一點都不輸人。

在旁的綠豆見到依芳難得說話這麼大聲，也忍不住對她豎起大拇指，依芳果然是勇闖陰陽界的好搭檔，雖然出包的情形層出不窮，但是怎麼說也是天師的孫女，該有的氣魄是少不了的。

張寶明聞言，一臉橫肉開始劇烈抖動，雙眼更是暴凸，活像是準備把眼珠從眼眶裡擠出來似的，不但眼睛周圍的微血管爆裂，就連黑色瞳孔也轉眼間縮成像貓眼一般的針線狀，嘶吼著：「若是我不放人呢？你們還是不幫？」

「你要知道陰陽兩隔……」

「我們依芳說不幫就是不幫！」依芳話都還沒說完，綠豆就已經出聲打斷，「看清楚站在你眼前的人是誰，她可是天師的孫女，是傳說中天師的傳人耶！你如果再白目一點，當心她把你打的魂飛魄散，永世不得超生！」

綠豆還轉頭看向依芳，甚至挑釁似地抬了抬下巴，嘴邊漾著得意的微笑，心想依芳這次說話這麼大聲，總不會再出錯了吧！

但是……依芳卻在此時表情僵硬，甚至不斷暗示性地對綠豆眨眼睛，綠豆見狀，心臟突然沒辦法控制的加速跳動，每當依芳有這種表情，就表示——大難臨頭了！

「別再提到什麼傳人，等一下就要變死人了啦！妳沒事幹嘛激怒他？我本來打算跟他講道理……」依芳扶著額，一副很頭痛的樣子。

「妳是天師傳人，連鬼王都沒在怕，怕這小小的孤魂野鬼是想笑死誰？」綠豆不知死活地大聲嚷嚷，目的就是要壯大聲勢。

但是，當她順著依芳的眼神望去，只見張寶明周身瀰漫著黑色氣流，而且肚子越鼓越大，將皮膚撐出不少裂縫，裂縫中噴灑出腥濃惡臭的暗黑色血液。

原本他七孔流血的模樣已經夠驚悚了，如今他臉上傷痕蔓延整張臉，張寶明的面容瞬間看上去就是像是拚湊而成，而且沾滿了黏乎乎的暗紅色液體，最令人無法接受的是他的嘴巴裂到耳邊，嘴裡還長出紅色獠牙。

「夭壽喔！」綠豆看到張寶明的瞬間變身，也不禁困難地嚥了嚥口水，「這傢伙完全不用特效，那張臉已經青的發光，如果再給他一支狼牙棒，效果簡直比桃太郎裡面的惡鬼還要上鏡頭！」

依芳也緊張的節節後退，「我剛剛講話大聲只是要提升自身的正氣，氣勢越強正氣越旺，相對他的陰氣會被削弱，這樣就還有談判的空間。現在他徹底被激怒，一般的正氣已經壓不住了！」

「瞎密！」綠豆渾身就像觸電一樣抖動的連站都站不穩，「妳……妳不會早點跟我說妳只是裝裝樣子啊？再不然妳畫張符嚇嚇他也好啊！」

這下子，依芳退得更大步，也退得更遠。

「誰想得到太平間躲著一隻惡鬼？我們臨時才決定來這裡，什麼傢伙都沒準備，是要我畫什麼？」

聽到這個壞消息，綠豆正準備哇哇大叫，突然聽見身後傳來相當詭異的腳步聲……

她記得張寶明雖然是惡鬼，但是畢竟不是實體的軀殼，走路都用飄的，哪來的腳步聲？

隨著身後的詭異腳步聲離自己越來越近，綠豆和依芳兩人渾身僵硬的連要轉身看一眼的勇氣都沒有，只感覺到自己全身上下的毛細孔紛紛起立站好，綠豆心想如果是還沒進化成人類的阿啪也在場，一定像是全身毛髮倒插的人型刺猬！

平時光是想到阿啪的猴子樣就忍不住笑出聲的綠豆，這回卻是怎樣也笑不出來，因為身旁的依芳用相當虛無飄渺而且不著邊際的抖音說了句話。

「屍變了！」

一聽屍變兩字，綠豆登時嚇得腿軟，回頭一看，果然瞧見原本躺在架上的屍體已經一個接一個爬了起來，雖然動作僵硬又緩慢，不過確確實實從床架上爬了起來，伸展著硬梆梆的身軀。

「那個……大哥，咱們有話好說嘛。」綠豆瞪大著眼，試圖勸說道，「什麼事情都可以商量，犯不著為了這麼一點小事情勞『屍』動眾，你這樣欺負我們我個手無寸鐵的弱女子，多不光彩啊。」

「剛剛不是說是天師傳人？什麼時候變成弱女子了？既然你們要我去閻羅殿找人幫忙，我就讓你們出現在閻羅殿！」張寶明一說完，原本半透明的身軀頓時消失，但尖銳刺耳的笑聲卻在整個空間盤旋，瞬間刮過的冷風讓兩人的肌膚也泛起隱隱疼痛。

「糟了！他不見了！」依芳頓時不見他的蹤影，驚慌失措起來。

「不見了不是更好？」綠豆看著眼前的屍體以不符合人體工學的姿勢前進，心情已經蕩至谷底，她可不希望再多一個惡鬼來湊熱鬧，「現在我們應該最先想辦法解決目前的屍體吧？」

前方的屍體群漸漸湧向她們，令人渾身發軟的現象在於原本的死屍已經爬起來活動就算了，每個屍體的兩隻眼睛睜得老大，而且眼皮外翻，布滿血絲，也因為不少都是因為車禍而喪生的屍體，不是皮膚有縫補痕跡，就是肢體呈現不符合人體工學的姿勢，最要命的一點是每個死屍的嘴裡都發出機械式而毫無起伏變化的聲音喊著：「殺死她！殺死她！殺死她！」

「這些人……不……這些屍體是怎麼一回事？」綠豆嚇得面無人色，空間這麼小，就算屍體的肢體殘缺導致移動緩慢，兩人也是退無可退，眼看兩人已經逼至牆角，動彈不得。

太平間裡面的氣氛似乎在瞬間降至冰點，雖然室溫偏低，但是也不至於難以忍受，只是殺肅詭譎的氛圍卻在無形中讓人感覺到冰寒刺骨，就連呼吸都覺得肺臟快要結凍的感覺，尤其當屍體越來越逼近，所充斥的「屍」氣也越來越厚重，兩人除了汗毛直豎之外，也覺得刺鼻的令人渾身不對勁。

「照理說張寶明只不過是剛死不久的靈魂，就算找不到自己的弟弟，沒家人招魂，也不至於有這麼大的怨氣，還能產生這麼多能量來召喚這些死屍，不太容易。」依芳幾近停擺的腦袋浮現出疑問，但是卻無法仔細思考，正確來說，根本無法思考。

「怎麼辦？他們殺過來了啦！」綠豆猶如熱鍋上的螞蟻，急得直跳腳，看著眼前陣仗，突然覺得有股熟悉感……

咦？怎麼覺得有點像是殭屍電影裡行屍遊街的縮小版？記得女主角的哥哥也面臨同樣的困境，最後他到底是怎麼混過去的？

綠豆靈光一閃，突然兩腳開開，與肩同寬之後竟然膝蓋彎曲像是蹲馬步的姿勢，頭歪一邊也就算了，兩隻手高舉還外加兩眼翻白、舌頭外吐，只差口水沒流下來，嘴裡還含糊不清地叫著：「殺死她！殺死她！」

她伸起手開始張牙舞爪，四肢不聽使喚的模樣前進，得意地自認為好歹也有中邪的三分樣，除了不斷靠近依芳，頻頻擠眼睛暗示，若不仔細看，依芳還以為她是羊癲瘋發作。

「學姐……妳……妳……」依芳的五官扭曲，直指著綠豆的鼻子，感覺她的嘴角正在抽筋。

綠豆見到依芳的表情起了變化，心中更加得意，沒想到自己這麼有才情，護士當的襯職外，連演技也是一絕。

「可不可以別在這種時候搞笑，妳看起來好像智障……」依芳突然在她耳邊語重心長，還一臉氣急敗壞。

綠豆聞言，正想出聲反駁，卻發現好幾具屍體已經走至面前，看屍體有準備發動攻擊的可能，以綠豆大小的腦容量根本沒有時間思考，當下只能繼續呼口號，語氣顯得益發高昂，只是高昂是由恐懼堆砌而成的假象。

不管自己像不像智障，現在根本沒有時間讓她想出更好的B計畫，只能按照原計畫猛然掐住依芳的脖子，以非常誇張的姿勢搖晃著依芳，嘴裡仍然不斷喊著：

「殺死她！殺死她！」

所有的死屍一見綠豆發動攻擊，紛紛在週遭停住腳步，高舉右手不斷地高呼千篇一律的口號，就像場外的啦啦隊一樣的加油吶喊，只是這些隊員手裡沒拿彩球，而且實在沒辦法見人……

這……這些傢伙竟然真的被騙了？綠豆暗自慶幸還好平時愛看電影，救了自己一命。

依芳雖然知道綠豆沒有傷害她的意思，但是她借力使力的假裝掐住自己的脖子，使勁搖晃好混淆視線，也讓依芳感到一陣強烈的暈眩，差點站不住腳！

綠豆這傢伙到底在搞什麼鬼？依芳在眼冒金星當下暗暗抱怨，就算想自保也應該先知會一聲，居然讓她成為被圍剿的受害者？好歹讓她也跟著高呼口號，她也想冒充可以活動的屍體啊！

「怎麼還不死？怎麼還不死？」綠豆發現依芳真的是駑鈍到極致，都到了這種時候，怎麼一點默契都沒有？忍不住急促地嚷著，還要盡量讓聲音沒有絲毫起伏，以免被這些屍體發現自己並非同類。

果然一語驚醒夢中人，依芳終於懂了，若是現在她立即裝死，搞不好可以蒙混過關，趁空檔可以找機會逃出去。

綠豆瞧見依芳二話不說便立即裝死倒下，心裡忍不住暗忖，竟敢說她像智障？她怎不看看自己真的超不會演戲，倒下去的模樣比眼前的死屍還要僵硬，如果不是這些死屍太笨，誰看不出來她在裝死啊？

這時她只能讚賞自己的演技實在好的沒話說，平時老是對阿長唬爛也就算了，沒想到連不同空間的好兄弟也能這樣混過去，現在她只能感謝老媽怎麼把自己生的這麼優秀，回去不親老媽一下還真是不孝。

當依芳以非常僵硬不自然的方式倒下之後，眾死屍的吶喊聲嘎然靜止，只剩下綠豆依然高舉雙手的繼續朗聲呼口號：「死了！死了！」

在吶喊之餘，她瞟了四周一眼，驚覺場面變得相當詭異。

所有的屍體竟然將原本鎖定依芳的眼神，竟然一致轉移至綠豆身上，而且這回的眼神充滿了銳利的殺氣，似乎發現了她不是死人。

# 第十章　車禍事件（十）

此時，所有死屍全都轉向綠豆，綠豆開始一步步往後退，心底警鈴正以高分貝的姿態鳴聲大響，不用想也知道這群沒血沒淚的傢伙準備享用大餐了！

綠豆的額際不禁浮上三條線，嘴角抽筋地嚷著：「欸欸欸！你們別這樣，好說我們大家也做了五分鐘的好兄弟、好姐妹，不能看在剛剛五分鐘的情分上給點面子啊？」

怎知道這些死屍不但不給面子，甚至誇張地個個張開嘴，露出醜陋的牙和惡臭，發出難聽的嘶吼聲，這……也算是他們的回答了吧！

「啊啊！」綠豆發出的尖叫聲更加難聽，只因為她在不注意的當下被不知從哪一具死屍伸出來的魔爪給掐了屁股一下。

此時不跑，更待何時??

綠豆除了抱頭亂竄之外，嘴裡還不斷地尖叫著：「依芳，快點想辦法！快點！不然等我回去後，我絕對會讓妳後悔認識我，不是……後悔從妳媽的肚子裡蹦出來！」

面對綠豆的叫囂，依芳卻是沒時間理會她，看著所有的死屍全跟著綠豆打轉，她才放心地從地上爬起，然而她在第一時間卻不是衝上前解救已經縮在牆角的綠豆，而是凝神屏息的四處尋找逃生辦法。

「林依芳，妳到底在搞什麼鬼？雖然醫院的床架很堅固，但是這些死屍的力氣根本不像正常人，我撐不久啦！快點救我！」

依芳充耳不聞，不是她狠心，而是她現在不能出聲引起死屍的注意，這樣她才有辦法有充裕的時間好將張寶明引出來，如今身上只有一張護身符，護身符只能自保，若要收伏惡鬼是萬萬不可能，如果真要拚，只能拚這麼一次，怎樣都馬虎不得。

現在她反而希望綠豆越吵越好，這樣免於讓她還要應付死屍，綠豆可能還不知道打從她呱呱墜地的那天開始，就註定天生沒辦法一心二用，她現在腦中盤旋的只知道那些屍體受制於張寶明，若是能引出張寶明，或許事情就好辦多了。

只是，現在的難題在於，要怎麼引大蛇出洞？張寶明看起來也不笨，一但召喚死屍之後就隨即消失不見，看樣子他也很有自知之名，光是這些死屍就足以搞死他們兩個，根本不需要他親自動手。

到底怎樣才能逼出惡鬼？越是緊急的時候，似乎腦袋運作得越緩慢，如果是阿公，他會怎麼做？依芳開始焦躁地在原地打轉，似乎怎樣也想不出好辦法，目前床架能暫時保有綠豆的安全，但……若是再拖下去綠豆也會變成這些死屍的好搭檔了。

「林依芳～」綠豆的喊叫聲已經瀕臨崩潰的臨界點，「如果妳真的想不出辦法，不會用妳的一百零一招？快點請神明護身啊！」

綠豆猶如野獸般的嚎叫實在是聲勢浩大，如果不是現在的狀況特殊，搞不好附近的警局都派警車過來了。

依芳沒好氣地想回嘴，最後還是忍住了，心中暗想若是能請神明，她也想請，不過昨天開始又見大姨媽來拜訪，神明不能近身能有什麼辦法？這是女人的宿命，而且每個月都要來這麼一次，就跟綠豆找麻煩的次數一樣頻繁而規律。

綠豆慘叫連連的同時，不斷從支架細縫中伸出來的手掌有缺了一兩根手指頭，也有少了一大塊掌心肉，還有一隻手……被削去一大半，連白骨都探出頭來打 say hello 了。

看到這些噁心的手掌在眼前揮舞，綠豆連碰都不想碰，但是眼看手掌都快抓到她的衣角了，她只能閉著眼睛一陣亂揮亂打，心底卻問候好多人的祖宗，尤其是依芳的祖宗的祖宗，能問候的全都打過招呼了。

「林依芳，妳現在是在藉機報復我昨晚偷吃了妳的泡麵嗎？妳怎麼這麼小氣？好歹我也是好心預防妳日後變成木乃伊欸，了不起我還妳一箱啦！」綠豆已經開始喪失理智地胡說八道，「如果讓人家知道我是為了一碗泡麵而香消玉殞，我的面子要擺哪裡？妳要知道我爸媽除了我弟，只剩下我這個女兒了，我那不中用的老弟有跟沒有是一樣的，我爸媽的下半輩子就只能靠我了，如果……」

綠豆語無倫次地說了一大長串廢話，依芳全都自動消音，雖然希望她越吵越好，不過未免也太吵了，吵得讓她沒辦法好好思考，現在居然連她的爸媽和弟弟都扯出來，真不知道該讚嘆綠豆那容量小的連小強都擠不進去的腦袋還有空間運轉，還是該無奈她已經一腳跨進精神科的領域了。

等等！

依芳猛然抬頭，腦中開始回想綠豆所說的每一字，雖然百分之九十九都是廢話，不過有那麼百分之一卻講到重點了！

弟弟！張寶明為的不就是要找自己的弟弟嗎？

依芳根本沒有細想，也沒時間細想，突然像是失心瘋的大叫：

「學姐，快點叫阿飄，快點！」

死屍一聽見身後傳出聲響，五、六個死屍立即轉移目標，朝著依芳前進，依芳也只能如法泡製地趕緊隨手拉了一張床架，迅速縮在底下的支架裡。

「阿飄？」現在綠豆的模樣才真的像是被鬼親到，一說到阿飄就像正被點燃引信的炸彈，「找他幹嘛？他剛剛當著我們的面前夾著尾巴逃跑，去哪裡叫他？」

「妳的磁場不一樣，我說過妳的磁場和他們相吸，他有求於妳，就算他想跑，也會在妳的附近，反正妳叫他就對了啦！」依芳實在沒時間和她解釋太多，最後一句的命令句也顯得歇斯底里。

綠豆暗暗偷罵了依芳的祖先一下後，還是認命地大喊：「阿飄～阿飄～阿飄～」果然是叫魂式的呼喊，只可惜肺活量不夠。

眼前卻什麼也沒出現。

「哪有在附近？這種性命交關的時刻，妳派完全見不了場面的士兵上戰場，根本就是找死！好歹妳也該找妳的鬼差老哥，再不然那個有夠天兵的天兵也好歹能當燈泡，妳──」

綠豆的話都還沒說完，原本縮在牆角的她猛然看見阿飄的一顆腦袋從牆面中冒出，極度接近她面前。

「靠！（嗶────）」綠豆把這輩子知道的、不知道的，平時罵不出口的髒話和國罵一股作氣地飆了出來。

事實證明，極度恐懼和怒火果然能將一名淑女逼向潑婦掃街的境界，雖然她平時也跟淑女兩字無緣，不過若讓綠豆媽親耳聽見，應該會錯愕地想把綠豆重新塞回肚子裡。

「跟你說過多少次，絕對不要、不准、不可以突然出現在我面前，而且這次還這麼靠近，是存心要我提早到地府報到嗎？」綠豆一邊伸出自己的左腳狠狠地踹了前方死屍好幾腳，一方面對著阿飄大吼大叫，這等一心二用的功力，依芳是怎樣都學不來的。

「是妳叫我來的，還對人家這麼凶……明知道我最怕鬼還叫我來……」阿飄哭喪的聲音足讓綠豆渾身爬滿螞蟻一樣的難受。

眼看他卡在牆壁上縮頭縮腦，怎樣也不肯再進來一點，讓綠豆的無名火「轟」一聲直衝腦門，吼著：「你這死娘娘腔，也不想想我是為了誰被困在這裡？你不出來幫忙就該遭天打雷劈，現在還想落跑，不怕天誅地滅啊！」

「這有什麼辦法，我又幫不上忙……」阿飄的五官看不出表情，不然綠豆猜他大概已經一把鼻涕一把眼淚了，這傢伙這麼沒用啊？

依芳雖然看得見阿飄，卻聽不到他跟綠豆的對話，目前也沒多少時間讓他們繼續話家常了，趕緊出聲喊著：「快點讓他出現在這個空間裡，想盡各種辦法都要留住他，別再讓他跑了！」

綠豆雖然很想問清楚依芳的打算，不過看看抓住自己腳踝的「屍手」，看來不是問明白的好時機啊……

# 第十一章　車禍事件（十一）

綠豆一見到自己已然受制，趕忙死命掙扎，只可惜她太小看那一隻手，光是那隻手就足以讓她動彈不得，遑論其他死屍也上前抓她一把，不然就是掐她一下，害她忍不住破口大罵了。

「喂喂喂！你們的手放乾淨一點！我這完美無暇又冰清玉潔的身體是留給我未來的老公享用的，你玷污了我這隻白泡泡、幼綿綿的腳，叫我以後怎麼做人啊？？」不知道為什麼，綠豆明明處在驚恐萬分的狀態下，但就是控制不了自己的嘴巴。

還沒聽到任何回應，突然覺得一股大力拉著她的腳往前跑，眼看自己不知要被拖向何方，在旁的依芳根本連想也沒想，拖著框住自己而且帶著滾輪的床架直往綠豆的方向猛力撞擊。

這麼一撞，就像碰碰車一樣，三方全都因為衝擊力而彈開，連帶綠豆連拖帶滑地被甩至另一邊，才有機會掙脫「屍手」。

猛然一陣劇烈的撞擊，撞的她眼冒金星，完全搞不清楚狀況，不過耳邊卻又聽見依芳有別以往的淡漠，似乎很用力地嘶吼：「快點叫阿飄出來，我沒辦法跟他溝通，快點叫他出來！」

依芳的聲音轉移了死屍的注意力，這一回她就沒那麼好運，四周床架已經被眾死屍翻開，依芳不得不跑給死屍追，時間有限，加上空間也有限，她只好盡量將奔跑的範圍拉到最大，好拖延時間。

趁此機會，綠豆趕緊對阿飄說：「阿飄，立刻伸出你脖子以下的身體啦！你到底是不是男人啊？到底在怕什麼拉？你相信我，你在鬼界的模樣也是數一數二的，只要你一出來，什麼妖魔鬼怪都會自動閃開。」縮回牆角的綠豆恨不得可以抓著阿飄的腦袋，好將他從牆面揣出來，偏偏阿飄根本不是實體，連碰都碰不著。

怎知道原本冒出牆面的頭顱右往內縮了一點，鼻子以下全都隱沒在牆內。綠豆見狀，氣憤地往他已經開花的天靈蓋猛敲一記，忘記兩人空間不同的現實面，綠豆撲了空。

「你……你……你看我們兩個弱不禁風的弱女子為了你九死一生，你竟然當著我麼面當縮頭烏龜……」

顯然激將法沒用，因為阿飄索性當烏龜當得很徹底，腦袋又緩緩往牆內了一點，眼看連掀蓋的腦門都快消失了。

「好啦好啦！」綠豆也被逼急了，「如果你肯站出來一下，我就燒紙錢、房子和跑車給你啦！」利誘是她最後的法寶了，如果阿飄再不領情，那她就算真的掛點了也要找到他，並且把他吊在樹上毒打一頓，不……是毒打好多頓，而且要照三餐打。

果然，人為財死，鳥為食亡，阿飄的腦袋伸出了一些。

綠豆一見利誘招數似乎有那麼一點效果，立刻連忙趁勝追擊，「我還會燒一個正妹給你當女傭喔！」她特地在正妹這兩字加上重音。

事實證明，完全沒男子氣概的阿飄果然性向沒問題，綠豆瞧見他還沒脫窗的另一隻眼睛正閃著精光，但是那個腦袋要伸不伸，本來就沒有耐心的綠豆，只好不管三七二十一地豁出去再說了。

「跟你拚了！我再燒一套愛情動作片給你啦！」

愛情動作片？

聽到此，阿飄終於從牆面伸出手，而且相當敏捷地比出二，囁嚅著：「那……我還要正妹……要兩個！」

綠豆在心底暗罵，這傢伙在生前恐怕也是殺價高手，五分埔黑名單只怕也是榜上有名，沒想到這麼會談判。

「成交啦！你快點出來！」綠豆大叫。

怎知阿飄伸出手卻搖了一下，「那妳要先付訂金！」

「付你的大頭鬼訂金！」綠豆現在是真的想殺鬼了，「現在我去哪裡燒訂金給你？」

「萬一妳反悔怎麼辦……」阿飄的手繼續搖晃著，但是話聲未落，猛然凌空掃來一根紅線，狠狠捆住阿飄的手腕，無論他怎麼掙扎，那根紅線就像是鑲在自己的肌膚上，怎樣也擺脫不了。

「阿飄，抱歉了！」依芳突然停下腳步，後面的死屍驟時撞成一團，只見紅繩的另一頭，正是依芳。

依芳顧不得後方的死屍正伸手上前胡亂抓著她的每一吋肌膚，只見她迅速的咬破自己的手指，將鮮紅的血液沾在紅線上，口中喃喃念著綠豆聽不懂的咒語，猛力拉扯手中的紅線。

這麼一使力，硬生生將阿飄從牆面中扯了出來，阿飄狼狽地在依芳腳邊打滾，沒想到才一眨眼的時間，依芳已經牢牢將他捆了好幾圈。

下一刻，依芳單手拉起阿飄，忍著死屍掐著自己的疼痛，拿起脖子上的護身符嘶吼著：「張寶明，你弟弟在我手上，你若再不撤下這些死屍，我手中的符令立即讓他魂飛魄散，永世不得超生！」

依芳充斥著魄力的聲音在太平間內回蕩，雖然沒看到張寶明的身影，但是死屍們全都倒地不起了。

依芳的氣勢過於驚人，綠豆和阿飄以非常震驚的眼神看著依芳卻不是懾於氣勢之下，而是……

「阿飄什麼時候變成張寶明的弟弟了？」綠豆趕緊跑到依芳的背後，偷偷咬耳朵。

依芳還來不及回答，張寶明猛然在半空中現影，他的模樣仍然是惡鬼的外型，青面獠牙還一臉凶像，以居高臨下的姿態看著他們兩人和阿飄，急著大喊：「我弟弟？我弟弟在哪裡？」

依芳一臉凜然，看了阿飄一眼，「在我手中的是誰，誰就是你弟弟！」

「我弟弟（哥哥）哪有這麼醜？」沒想到張寶明和阿飄兩人同時說了一模一樣的話，看樣子這兩人……可能真的是親兄弟。

依芳這時轉頭對綠豆低聲交代：「幫我轉告阿飄，若是他不說話還有機會出去，萬一他開口穿幫了，我們別想活著離開，他也別想回家了！」

「阿飄，人死有分重於泰山，也有輕於鴻毛，雖然你早已死過一次，不過這是你慷慨就義的好機會，只要你別開口說話，我們就會負責幫你找到回家的路。

如果你害我們穿幫，不但回不了家，還要一輩子……不是一輩子而已，是永生永世都要做他的男傭。至於男傭該做什麼，請你自行想像，想要哪種結果，你趕快決定，沒時間給你想太多！」

綠豆趕緊以超低音量、超快語速告知阿飄整件事情的嚴重性，可說是威脅加恐嚇地逼他就範，只見阿飄另一隻沒脫窗的眼睛也開始搖搖欲墜，原本就不怎麼牢靠的肢體，眼看就要抖落一地殘骸了！

唉唷，早就知道進來沒好事，還沒拿到女傭就算了，現在他還要淪落做惡鬼的男傭？開口就當惡鬼的男傭，不開口也是當惡鬼的弟弟，不論哪一種，他都不喜歡，有沒有其他更優惠的選擇啊？阿飄在心底吶喊著。

綠豆雖然把話說得很硬，心底卻有著漫步在雲端的不踏實感，隨即又轉頭看著依芳，「依芳，妳到底要做什麼啦？」

綠豆已經緊張地全身冒冷汗了，「妳幹嘛騙他？萬一他發現阿飄不是他弟弟，一氣之下把我們弄死，我們就要跟他們一樣在這裡飄蕩……」

怎料到依芳對於綠豆的憂心完全充耳不聞，直視著張寶明那驚死人的瞳孔，如果那還可以稱為瞳孔的話，「你也說過你們兄弟倆出了車禍，他被撞成這樣子，你能百分之百確定他不是你弟弟？不好好地仔細看一下嗎？」

「不要……」阿飄猛搖著頭，他就是怕鬼，還叫他看仔細一點幹嘛啦！

雖然依芳沒辦法聽見阿飄的聲音，不過瞧他抖動的模樣，二話不說隨即拉緊手中的紅繩，阿飄感覺到紅繩緊自己的咽喉，根本什麼聲音都發不出來，若不是自己早就死了，依芳八成已經成殺人凶手了。

張寶明一聽，也覺得依芳說得有道理，出車禍誰不會被撞？被撞得稀巴爛也是很稀鬆平常的事情，若是不上前看清楚一點，又怎能確定對方的身分呢？

「如果妳敢騙我，我絕對會讓妳付出代價！」張寶明再一次嗆聲，雖然他認為依芳不可信，不過卻又擔心萬一是真的，那麼他的弟弟豈不是莫名其妙地從世界上消失，連一縷魂魄都不復存在？

他迅速移動至阿飄面前，仔細地盯著阿飄的臉，一時之間真的難以辨認，被撞成這樣實在太難想像原本的長相了。

張寶明越來越靠近阿飄，綠豆實在不忍心看到阿飄遭受這樣的折磨，她懷疑自己已經看見阿飄的眼眶中泛著淚光，如果要她跟張寶明面對面相望，那種難熬的程度就和阿飄對望的痛苦指數是一樣破表的。

張寶明不得不再靠近一點，因為他實在無法確定眼前的鬼到底是不是弟弟，若要確認的話，只有……

「張寶明，此處不是你久留之地，命你速速撤退！阿庵巴彌巴哩莫！退！」依芳猛然一聲大喝，別說阿飄或是張寶明，就連綠豆聽見聲色俱厲的咒語，也瞬間嚇得定隔三秒，心想依芳到底在玩什麼花樣？她的心臟快承受不住了。

只見依芳口中念著咒語之外，同時手裡拿著護身符，拚了全力貼在張寶明的印堂上。

才一眨眼時間，張寶明渾身止不住地抖動，嘴裡更是發出淒厲而尖銳的嘶吼，只見他想抓下印堂上的護身符，偏偏只要一處碰到護身符，所接觸的面積就隨即冒出猛烈的白煙。

「妳……妳騙我！妳騙我！他不是我弟弟！我……我……我一……定……要妳付出代價……」張寶明的嗓音斷斷續續，聽起來也顯得虛弱無力，他哀號之餘，就像是無頭蒼蠅一樣亂飄亂撞，如火紋身般的悽慘叫聲仍然不絕於耳，顯然護身符起了作用。

依芳等的就是這一刻，唯有讓他靠近，才能準確地將護身符貼在他的印堂上，好險她依稀還記得不論是人是鬼，印堂都是弱點之一，看樣子果然有效。

張寶明受不了這樣強大的刺激，只能倉皇地穿牆而出，因為護身符屬於實體，根本沒辦法穿牆而過，在張寶明消失的瞬間，護身符也憑空掉落地面。

依芳立即撿起護身符，綠豆則是馬不停蹄地衝向大門，張寶明一走，大門果然能順利打開了，兩人奔出太平間，想也不想地衝進電梯。

「依芳啊，妳怎會用剛剛那一招？看不出來妳還有兩把刷子！」綠豆按著樓層按鈕的手指仍然不停顫抖，連數字「1」的樓層按鈕都對不準。

「其實我也不是很清楚，我只想到張寶明急著找弟弟，腦海中就浮現一些畫面。剛剛那種狀況我也沒時間想太多，如果不跟他拚了，就只能等死了。」

依芳現在怎樣也回想不起來方才到底念了哪些咒語，更想不透當初怎知道用紅繩綑綁阿飄？

到底是怎麼回事？依芳一時也想不透。

「依芳，下次我絕對不會再踏入這鬼地方了！我們當初的提議就當我沒提過！」綠豆喘著氣，心有餘悸地嚷著。

依芳同樣也是驚魂未定，剛才的險招也殺死不少她的腦細胞，她怎樣都不想再來一次了。

「我同意妳取消當初的協定，不過妳答應要幫我付給玄罡的銀紙，還是一張都不能少！」看樣子這樣的驚嚇還不至於讓依芳喪失理智，有關於金錢單位的數字，怎麼樣都不會搞糊塗。

綠豆懊惱地撇撇嘴，心想依芳果真是玄罡的妹妹，跟錢有關的事絕不會忘……

# 第十二章　車禍事件（十二）

勇闖太平間後，兩人竟遇上連續六天的大夜班，值班時始終膽顫心驚，就怕張寶明又找上門，根本沒辦法好好休息，常常時間一到就頂著黑眼圈嚷著怎麼又要上班了？

難得的，這幾天以來阿飄也受到極大驚嚇，暫時不敢跟在綠豆身後了，不知道跑到哪個幽暗的角落裡面暗自飲泣。

拖著筋疲力盡的身軀，緩緩地走進單位，怎知道綠豆還沒放下手中的包包，阿啪就趕緊衝上前，鬼鬼祟祟地拉著她和依芳到單位裡的角落，低聲道：「你們聽說了嗎？大家都說太平間屍變了！」

一聽到屍變兩字，依芳和綠豆身上的瞌睡蟲全數被打飛，為什麼有其他人知道太平間屍變？難道張寶明心有不甘，準備大張旗鼓地前來尋仇了嗎？

「妳聽誰說的？」依芳全身緊繃得像是箭在弦上的弓，萬一所有死屍在醫院裡奔跑，她真的擋不住。

阿啪沒想到依芳的反應這麼強烈，吶吶道：「呃，院內不少人知道啊。聽說太平間的管理員阿才前幾天早上十點到太平間巡視，卻發現屍體倒了一地，沒一具屍體是好好躺在床架上的。你們想想看，誰會那麼無聊把屍體丟在地上？阿才偷偷找了道士來看一下，道士就說是屍變，要花錢辦場法事才能解決。還說不辦法事的話，會夜夜屍變，不得安寧。但是大家都知道，新上任的院長不信這一套，所以大家還在想要怎麼辦……」

聽阿啪煞有其事的描述，沒想到經過這幾天，有關太平間的事還是傳開了，綠豆和依芳兩人不禁相視而望。

她們都明白道士應該是瞎貓碰上死耗子——矇中的，但是誰也無法預測張寶明會不會有下一步動作，連依芳自己也沒把握，畢竟護身符只能護身，沒辦法收服惡鬼。

「綠豆，快來交班囉！」小夜班的同事抬頭看了時鐘一眼，忍不住催促著，「外科目前又目滿床的狀態，他們晚一點又有病人要接，所以剛交代說凌晨兩點半的時候，會將之前原本在我們這裡借住的病患送回來繼續治療喔！」

通常重症單位的護理人員上班第一件事就是執行常規治療，幫病人洗澡、餵藥，幫病患翻身兼換尿布，另外更換病患身上的點滴瓶。光是洗澡就要花費好一番功夫，所以若是非緊急狀態下的病患，通常會挑在較不忙的時段進行轉床。

大夜班的巔峰期是凌晨兩點半前，不過有阿啪在的話就情況例外，因為她一天八小時都是巔峰期。

「阿啪妳真帶賽，都還沒上班就知道要接病人，妳帶賽果真是作口碑，萬年不減！」心情已經相當鬱悶的綠豆忍不住哀號。

阿啪不甘示弱地回嘴：「一直以來都是我們一起上班，誰帶賽還不知道咧！」

「是哪個病人啊？我記得之前借床的外科病人有三個，難道是那個急開刀的病人？他的狀況還是不穩定？」依芳不想加入鬥嘴行列，直接問清楚到底要接哪個病人。

「嗯，應該就是他吧！」會借住病房的狀況不多，其他同事多少有點印象，

「妳也知道加護病房的病患狀況大多不穩定，若不是因為病床不夠，實在不會把

病人轉過來。病患的名字叫張志明，他之前的確有急開刀的紀錄，目前生命徵象仍然不太穩定。」小夜班的同事回想著。

張志明，很耳熟的名字。

「對啦！」阿帕用力點頭，「那個病人的確叫張志明，是我接的，也是我送去開刀房的，就是他沒錯！」

張志明？依芳和綠豆兩人不約而同地睜大眼，這名字很耳熟沒錯，而且和某人的名字很相似。

「他該不會……」綠豆一臉欣喜，如果自己猜測正確，起碼不用擔心張寶明上門尋仇了。

「搞不好就是！」依芳臉上也難得流露出雀躍的神采，如果張志明真的是張寶明的弟弟，事情應該就好辦多了。

在場所有人都搞不清楚依芳和綠豆到底在說什麼通關密語，不過當下最重要的是趕快交班。

這回綠豆和依芳用最快的速度交完班，確定小夜班人員一個接一個地離開單位後，綠豆立即跑至護理站的資料夾前面慌張地找尋著昨天的病人紀錄，不知是否過於興奮，她的兩隻手始終抖個不停。

好不容易終於翻閱到張志明的基本資料，她連忙對著依芳嚷著：「依芳，這邊有他的基本資料。」

「我們輸入他的出生年月，搞不好可以查到更詳細的資料！」依芳提出更有建設性的建議，光是基本資料，根本看不出什麼所以然。

綠豆也覺得很有道理，兩人立即挨至電腦桌前面，當電腦螢幕出現一名清秀白淨的男子照片時，兩人不由得倒抽一口氣。

若不是性別欄上面填寫著男性兩個大字，兩個人還以為張志明是個不折不扣的女孩子。

「哇，這個人怎麼看起來這麼……斯文，哪像是那個流氓的弟弟啊？」她實在不好意思說張志明看起來甚至比單位裡面的ICU（內科加護病房）之花還要漂亮，可惜被撞得像豬頭，實在難以與他原本的長相對上。

「他不可能是張寶明的弟弟啦，我看頂多只是名字相似而已。」綠豆第一時間說出自已的看法。

依芳再看了看其他資訊，就算是詳細的個人病歷，也不可能填寫家屬的名字，端看這外型，的確沒辦法將張志明和張寶明聯想在一起。

綠豆似乎意猶未盡地再看了照片一眼，自言自語道：「可惜了這張臉，我看他被撞成這樣也八成毀容了，若是要作整形手術，也無法擔保他能夠回覆原本的臉孔。」

依芳一臉煩躁，似乎一點也不想加入綠豆的閒聊話題，而她的反常讓平時反應遲鈍的綠豆也開始覺得不對勁。

關掉病歷資料，兩人開始進行今天的常規治療，這時綠豆終於忍不住出聲問了。

「依芳啊，妳怎麼了？感覺妳一直心不在焉的……」

綠豆這一提，依芳連忙重整神色，還死鴨子嘴硬地嚷著：「哪有？誰說我心不在焉？」

綠豆狠狠睨了她一眼，用下巴指向身下兩人正在忙擦澡的病患，「妳把病人準備要用的尿布當毛巾擦身體，還把整罐沐浴精全倒在病人的頭上，若不是我趕緊擦掉，他可能是全臺第一個以沐浴精當成凶器而慘遭窒息的受害者了。」

眼前的事實根本不容狡辯，依芳錯愕地趕緊收回自己的手臂，杏眼圓睜的盯著眼前慘不忍睹的病人，若不是病人的昏迷指數只剩下三分，否則應該會跳起來破口大罵吧！

「對不起！對不起！」雖然病患的意識不清，依芳仍然不斷的彎腰道歉，這樣才能稍稍減緩心中的罪惡感。

「依芳，雖然妳平時的確很天兵，不過今天妳也太誇張了吧！妳到底怎麼一回事？」綠豆也被她搞的有股說不出的緊張。

依芳搖著頭，「我也不知道是怎麼一回事，反正就覺得好像忘了什麼事情，但是現在卻想不起來，總覺得會發生什麼事情。」這件事情應該很重要，否則她不會像此刻一樣坐立難安。

「妳該不會是……還在擔心張寶明找上門來吧？」綠豆刻意壓低嗓門問，說實在的，就算依芳不擔心，自己還是怕得要命。

依芳嘆了口氣，搖搖頭，今晚真的不知道哪裡不對，身體完全沒有異狀，偏偏就是提不起勁，而且現在連眼皮都不斷跳動著，心底的不安也更加強烈了。

她只能盯著自己的腳尖低頭不語，拚命回想自己到底忘了什麼，只是她這模樣更讓綠豆的心中百感焦急，不是交集，而是真的打從心底焦急。

依芳這模樣到底代表什麼？是默認了嗎？這麼說起來，張寶明真的有可能會上門找她們泡咖啡，若真是如此，她豈不是要變成咖啡豆了？綠豆開始想像自己被磨成粉的畫面。

「依芳，我們不會這麼衰吧？那天我們又沒報上名字，何況張寶明被護身符嚇得屁滾尿流，任何有常識的鬼都不會再自找麻煩吧？而且都過這麼多天了，他應該不會找上門了啦！妳應該只是沒睡飽，畢竟妳沒睡好就會脾氣差，一定是妳的起床氣啦！」綠豆硬著頭皮揚起一抹乾笑來安慰依芳。

「喔……可能真的是這樣吧。」話雖如此，依芳總覺得不踏實。

隨即而來的電話聲也讓綠豆再也樂觀不下去。

## 第十三章　車禍事件（十三）

沒想到在兩點半前，竟然又有急診病患準備轉入單位，接到電話的阿帕的表情就像猴子吃到苦瓜一樣難看。

看來今晚又不平靜了。

天啊，難道不能讓她們安安穩穩地上滿八小時的夜班嗎？阿帕在心底哀號。

「剛剛急診打電話來訂床，交代我們先準備好約束手套，這名病患有精神分裂病史，不過她這次是罹患胰臟炎病發，所以先到我們單位治療。」

一聽到描述，綠豆忍不住該該叫。單位裡最怕有精神不穩定的病患，除了很難配合治療外，有時還會攻擊護理人員，光是她自己就不知有多少次都被病患揮拳，其中最扯的理由是病患覺得不打她就有種想死的感覺。

聽到這種理由，綠豆差點想讓他好好感受一下，不過認識她的人都知道，她只是出一張嘴，她最後也只會默默吞下。

為了保護護理人員，同時也要避免病患傷害自己，通常有攻擊性或是精神不穩定的病患都會採用約束手套來固定，不過這些措施必須和家屬獲得共識，否則容易產生糾紛。基於人權考量，約束時必須要有技巧，不能綁死，鬆緊也必須適中，同時必須讓患者有基本的活動範圍。

不過基本上，不論家屬或是護理人員都不喜歡約束患者，若是有特別交代，就表示……病患真的很難搞！

依芳嘆了口氣，煩躁地說：「反正阿啪學姐這輩子注定旺到嚇嚇叫，搞不好還可以名列金氏紀錄，今天多接一個要戴手套的病人也沒什麼好稀奇的。」

阿啪一聽到注定兩個字，瞬間石化數秒，為什麼她的命格不是招蜂引蝶，而是招病人、引患者啊？她是不是該考慮換個工作了？

綠豆正想出聲附和，沒想到單位的大門已經被刷開了，推進門的正是急診的護士小姐，看她一臉悠哉的模樣，感覺病患一點都不緊急，單位裡面的三個人紛紛在心底問候急診醫師，希望他的身體永保健康，家畜興旺、出入平安……

三人上前看了病患一眼，是年約五十歲左右的女性患者，看起來身材嬌小，而且呈現熟睡狀態，八成已經施打鎮定劑了。

急診小姐不疾不徐地把病人交給綠豆，綠豆看著根本沒幾頁的病歷，很快就將病人安置妥當，一旁的阿啪忙著監測病患的生命徵象，依芳則忙不迭地幫病患套上約束手套。

就在此時，今晚值班的馬自達醫師睡眼惺忪地出現，他近乎呆滯地看了新病人一眼，才接過綠豆手中的病歷翻了兩頁，嘴裡含糊不清地嘟囔著：「今天是急性胰臟炎的患者？嗯……記得要密切監測病患的液體攝取和輸出量和腎功能……現在病患的生命徵象多少？」

綠豆心想，馬自達是沒睡飽嗎？加那麼語助詞做什麼？他現在到底是不是清醒狀態？怎麼感覺語無倫次？

「馬醫師，目前生命徵象正常，請問還需要什麼醫囑處置？」雖然私下她和馬自達沒什麼交集，不過基本上她瞭解馬自達的判斷，不會因為疲倦就出現錯誤處理。

「喔，目前沒什麼急性症狀，那我先寫醫囑，等一下一起處理。」

馬自達胡亂地抓了頭髮一把，自以為能將一頭亂髮抓順，就像有母鳥在頭頂上數蛋痕跡的鳥巢。

他另一手端著剛剛泡好的即溶咖啡，試著一口氣罐下肚好提神，偏偏又讓綠豆不小心瞧見他被燙得滿臉通紅，想唉又不敢叫出聲的滑稽樣。

唉，一想到小說中總是把醫師描寫得宛若現代白馬王子，要不然就是黃金……應該是說萬金單身漢，但是呢？現實和夢想果然有差距，看看眼前的馬自達，薪水少的可憐，工作時數又長，感覺連整理門面的時間都沒有，怎麼樣都沒辦法聯想到王子那一塊去吧？

哀怨歸哀怨，馬自達也比菜鳥趙醫師好多了，起碼有什麼危急場面也比較罩得住，這算是他唯一讓人安心的優點了。

在等待馬自達的醫囑出爐之際，三人分別以最快的速度趕緊完成自己手邊的工作，否則等到凌晨兩點半一到，張志明回來了，只怕又要經歷一番忙碌。

扣！扣！扣！

扣！扣扣！扣扣扣扣扣！

奇怪的敲擊聲持續傳來，甚至還加快了節奏和速度，充斥在密閉的單位裡面，每一聲都讓人頭皮發麻。

忙得不可開交的四人停下動作，不約而同地轉向聲音的來源處，赫然發現原本已經安置好的胰臟炎女病患，不知什麼時候醒了過來，而且竟將捆在手腕上的約束帶直接扯斷！

「她該不會是精神病發作了吧？」阿啪大叫一聲，根本沒辦法仔細思考，第一時間就衝上前，準備壓制病患。

綠豆和依芳也緊跟上前，現在阿桑這麼一亂，只怕又要經歷一場腥風血雨的大戰了，若是上戰場，當務之急就是要先發制人，現在不立即壓制她，錯過最佳時機就麻煩了。

三人才一靠近，阿桑突然抓起床邊的點滴架，張牙舞爪地學著軍人刺槍，不斷朝著她們攻擊，模樣看起來煞是凶狠。

「天啊，阿桑到底是什麼精神病？她以為現在在當兵？幻想自己是阿兵哥在出操？」綠豆動作敏捷地往後一躲，才免於遭受攻擊。

阿桑的手臂正冒出汩汩不絕的刺眼鮮紅血液，但是手中的點滴架卻怎樣也不肯放下，甚至孔武有力地不斷揮舞，不讓任何人再靠近一步。

這下該怎麼辦？病患有武器在身，實在很難靠近，三個小護士在這邊做生死搏鬥，反觀在場唯一沒躺在病床上的男人卻只敢躲遠遠地觀看戰況。

「馬自達，你還不快點來幫忙？」綠豆忍著不對他大吼，心底卻暗罵他到底是不是男人。

「那個……那個……妳們趕快幫她打鎮定劑，我幫忙……幫忙叫警衛！」馬自達雖然還不到驚慌失措，也離這四個字不遠了。

三人的餘光僅瞥到他慌張地準備拿起電話，急著找警衛。

綠豆氣得差點得內傷，虧她還認為馬自達在危急時靠得住，沒想到完全不行！對方不過是個子嬌小卻孔武有力，又拿著致命攻擊武器的阿桑而已，有什麼好怕的？

「打鎮定劑，這樣子我怎麼打？你打給我看！」綠豆崩潰地回道。

雖然阿桑看起來真的很像神經失調的猛獸，不過馬自達真以為這裡是獸醫院，可以用吹箭讓她一箭倒地啊？

正僵持不下之際，阿桑猛然抓狂似地狂吼一聲，一把將點滴架朝著依芳等人砸了過去，若不是三人閃得快，八成也該到急診去報到了。

阿桑就像猛虎出匣，發瘋似地突然撲向三人，阿啪根本沒有時間反應，只能出於本能地被追著跑，依芳和綠豆不由分說地也跟著跑，就連還來不及撥出電話的馬自達也掃到颱風尾，丟出的點滴架正好飛過他眼前。

一見到阿桑不要命地追著大家跑，馬自達基於人類最原始的本能，看著別人跑，不管自己是不是在狀況內，跑就對了！

單位裡面的護理站架設在單位正中間，逃命經驗豐富的綠豆帶著大家繞著護理站跑，一邊引開阿桑的注意力之餘，還要一邊想辦法。

「馬自達，你不是要打電話找警衛求救？你打了沒？」綠豆心想，如果馬自達回答沒有，不用阿桑出手，自己就會先給他的一個痛快。

綠豆剛問完，眼前一道黑影呼嘯而過，眾人定眼一瞧，發現電話線早已經被扯斷的電話正橫屍在面前，不但話筒和電話早已經分了家，而且粉身碎骨的模樣好不淒慘，只差沒被榨成汁而已。

「哇啊啊啊！」馬自達的驚嘆聲還往上揚，「現在想打電話也沒辦法打……」

言下之意，就是剛剛沒來得及求救，現在想求救也來不及了。

綠豆絲毫沒辦法停下腳步，也沒辦法擺脫阿桑之不要命追緝令，不然她當場真想讓馬自達直接進外科加護病房掛病號。

阿桑的攻擊越來越凌厲，剛才是丟電話，沒多久又飛來資料夾，連放在病床旁的輕便型方桌也像是被龍捲風捲過一樣凌空飛過，過一會兒連空針也滿天亂飛，現在他們終於可以體會病人害怕打針的心情了，尤其是馬自達，插在屁股上的針頭讓他邊跑邊唉唉叫。

馬自達一手拔出屁股上沾血的針頭，急忙飛奔至備餐室，完全不顧大家死活，一把用力的將門栓上，後面的三個人怎樣也推不開。

「馬自達，你不是男人就算了，好歹你也是醫生，保護病人是我們的責任……」阿啪像隻潑猴一樣又叫又跳。

身後狂追的阿桑已經順手扛起椅子，朝著三人的腦門砸了過來……

# 第十四章　車禍事件（十四）

眼見椅子飛來，阿啪立即閃入隔壁的被褥間，依芳和綠豆也趕緊擠了進去，無奈空間內擠滿了棉被和枕頭，一口氣要塞進三個人實在太勉強，連大門都沒辦法關上。

不得已下，依芳和綠豆只好另覓他處，匆匆忙忙地退出被褥間，試圖和阿桑保持適當距離。眼看腳底下又了斷了兩隻腳的椅子，外加躺著電腦鍵盤那死無全屍的殘骸。

「哇勒！阿桑，妳是平常都吃十八銅人行氣散，還是三不五十就拿鐵牛運功散進補啊？妳拿件棉被披在身上都可以當超人了，有沒有考慮參加極限體能王，搞不好有機會拿獎金……」綠豆邊閃邊碎念，這阿桑簡直像電影裡面的巨星喬揚，只是她看起來像進化中的人類而已……

兩人認為，先衝出去找人幫忙才有辦法壓制「起肖」的阿桑，偏偏阿桑像是會讀心術似地剛好停下腳步，好死不死就停在大門口前，一手拿著空針，一手還拿著已經裂成一半的玻璃點滴瓶，看起來危險指數高達百分之百，根本無法靠近。

「學姐，精神病患者都這麼恐怖嗎？」依芳沒親身經歷過這種驚險的場面，霎時也不知如何是好。

「我遇過最恐怖的精神病患者也頂多用拳頭打我，還沒見過可以扛起整張桌子當凶器的患者，簡直就像鬼上身，她哪來的力氣啊？」綠豆心想，自己都沒有能耐獨自扛起輕便型方桌，阿桑不只能扛，還能扔出去，這絕不是是普通人做得到的！

鬼上身？聞言，依芳仔細思考起來。

阿桑的身高看上去不到一百五十五公分，就算是腎上腺素發達，也不太可能把整張桌子丟上天，甚至還把特別加強過的約束手套扯斷，太詭異了！

另外，胰臟炎是一種會讓病患產生劇痛的疾病，必要時還必須施打強效止痛劑才有辦法抑制疼痛感，如果飽受胰臟炎之苦，光是疼痛就足讓一個大男人站不住腳，哪有多餘精力發動攻擊？

這些跡象都太不尋常了，依芳想也不想地立即大叫：「妳到底是誰？」

綠豆一臉納悶地轉向依芳，心想她是被嚇傻了嗎？

阿桑仰頭大笑，從嘴巴裡冒出低沉的破鑼嗓音，一字一字緩慢道：「怎麼？之前才見過面，今天就忘記我是誰了？你們年輕人的記性怎麼這麼差？」

阿桑的每一個字就像是燒烤過的鐵片，深深烙印在兩人的心房，導致兩人的心臟不由得漏跳了好幾拍。

之前才見過面，而且這麼難聽的聲音，讓人想忘也忘不了……

「因為你們這兩個臭丫頭，那天害得我的魂魄差點四分五裂，我吞不下這口氣，拚著最後的力氣，也要找妳們算帳！」張寶明陰森森的笑聲當中帶著殺意，護身符讓他受創甚重，力量大不如從前，只能趕緊找個軀體附身，否則以他目前的能耐，已經無法像先前一樣召喚死屍，光憑自己單薄的靈體，完全沒什麼殺傷力。

在他受傷期間已經不知不覺地過了好幾天，今天就是他的頭七，眼看就要被鬼差抓回去，他哪還有機會見到自己的弟弟？說來說去都是這兩個臭丫頭害的，就算今日找不到自己的弟弟，也要找她們算帳！

「你……你……怎麼找到我們的？我們又沒有留下什麼線索……」綠豆的嘴角不住抽了幾下，實在很不想接受這個事實。

張寶明像是聽到什麼笑話般地冷笑著，嘲諷地哼了一聲，「那天妳們穿著制服出現在我面前，全院上下穿著這種制服的只有你們單位，我不往這裡找，去哪找？我今天會死是因為我衰，不是因為我笨，好嗎？」

張寶明這麼一提醒，兩人才驚覺那天果然犯了一個致命的錯誤，重症單位和一般病房不同，制服自然也不是大家常見的白色制服，而是象徵各單位的不同顏色制服，以開刀房來說是綠色，急診室是藍色，外科加護病房是淺綠色，內科加護病房的制服則是象牙白，衣領和袖口增添粉藍色條紋，為了急救方便，也採用褲裝，並非一般的裙裝。

雖然各大醫院的單位顏色不一定相同，但是特殊單位的制服有別一般制服是不變的定律。

通常護理人員會在下班時換上便服，但是住醫院宿舍的護理人員一來因為地理環境比較方便，加上洗衣廠就在院內，通常會回到宿舍立即洗澡後換下制服。剛好那天兩人一下班就直奔太平間，根本沒來得及換下制服，這反倒成為重要的線索了。

「糟糕，這下我們真的死定了！」綠豆忍不住哀號起來，心中直懊惱那天衝動個什麼勁？這下好了，麻煩找上門了。

此時，被張寶明附身的阿桑已經開始產生變化，不但肚子鼓了起來，指甲瞬間加長，而且雙眼倒吊，她咧開嘴，嘴裡冒出陣陣黑霧，「妳們好大的膽子，竟敢戲弄我？今天我就要妳們死無葬身之地！」

張寶明的五官猙獰，七孔流血，最最誇張的是被附身的阿桑頂著誇張的龐克頭，如果不是現在情況特殊，綠豆鐵定會笑到在地上猛打滾。

「依芳，快點拿護身符！」現在反而是綠豆比較像「起肖」中的猴子，不管什麼情況下，先把護身符拿出來就對了，起碼安心一點。

依芳聽話的飛快摸索著胸前的護身符，怎料到依芳卻是面有難色地抬頭，「我終於想起來我忘記的事了……我忘記帶護身符了……」

靠！忘記了？在這種殺千刀的緊急情況下，竟然忘記帶護身符？這和上戰場卻忘記帶槍的士兵有什麼分別？

「沒護身符?!」綠豆也亂了章法，雖然平時總是把自己搞的很緊張，但是好歹身邊的依芳還有個護身符可以安定心神，現在連最基本、最重要、最貼身的護身符都沒了，能叫她不慌張嗎？「妳在搞什麼鬼？妳不是說護身符不離身嗎？為什麼偏偏今天沒帶？」

張寶明不讓他們有多餘廢話的機會，迎面直接撲向兩人，銳利的指甲更是直筆筆直刺向依芳的雙眼，看樣子他是想先除掉對自己有威脅的人。

只要解決了依芳，一切都好辦。

依芳沒料到他突如其來的攻擊，眼看尖銳的指甲就要插入眼睛，竟然愣在原地，動彈不得。

在這千均一髮之際，綠豆猛然推了依芳一把，依芳即刻跌倒在地，自然也讓張寶明撲了個空。

「依芳，現在我們是真的在生死存亡之際，不是在玩網路遊戲，我可沒辦法幫妳無條件復活！拜託妳清醒一點，可以等到我們脫離危險之後再發呆嗎？」方才見到張寶明的指甲距離依芳不到一公分的距離，綠豆的心臟差點撞破胸壁而跳出來活動筋骨了，難怪她會這麼激動地斥責依芳。

依芳完全亂了陣腳，腦中一片空白。現在的她該做什麼？又能做什麼？兩手空空的她，拿什麼和張寶明拚命？

綠豆見依芳似乎反應相當遲緩，就跟當初在臨床剛上線一樣的動作遲鈍，也就是說，依芳現在的狀況是嚇傻了。

「請神明啊，這不是妳的一百零一招？？」綠豆失心瘋的大喊。

「我這幾天月經來……沒辦法……」依芳哭喪了臉，就算今天是當女人的最後一天，仍然沒辦法請神明啊！

為什麼他不能晚一點再找上門？現在她真的一點辦法都沒有，今天真的必死在惡鬼之下了……

此時張寶明再次衝向依芳，綠豆一看，趕忙大聲喊著：「等等，我知道你弟弟在哪！他兩點半會回到這裡！」

聞言，張寶明果真停下自己的移動速度，冷不防地陰陰瞪了綠豆一眼，怒道：「哼！妳以為我還會相信妳們嗎？何況妳說謊也不打一下草稿，妳知道我弟弟是誰嗎？」

「欸……這個……」綠豆抓抓頭，心想自己把話說太快了，竟然會將破綻百出的謊言說出口，「你不相信也是人之常情，不過你弟弟到底叫什麼名字？不然我怎麼幫你找？」

既然無論如何他都不會相信自己的話，只要答應幫他找弟弟，事情就告一個段落，豈不是皆大歡喜？

「不用！」張寶明一臉蠻橫地大吼著，「就算妳們現在要找也來不及了，今天我絕對要妳們兩個陪葬！」

今天是他的頭七，哪還有時間等消息？

哇勒……把話說得這麼硬，完全沒有轉圜餘地，這下子連最會說場面話的綠豆也沒輒了。

此時依芳一鼓作氣地站起，拉著綠豆直奔單位最裡面的更衣間，身後的張寶明隨即追了上來，原本看起來弱不禁風的依芳，在此時發揮自己無窮的潛力，一邊奔跑一邊隨手抓起身上僅有的武器往後丟……

綠豆以為她又有什麼新法寶，分神仔細一瞧，才發現所謂的武器，只不過是口袋裡的幾枝原子筆，忍不住罵道：「妳也差不多一點，丟原子筆？妳丟心酸的啊？」

「他現在附在人類的軀殼裡，不再是無形的魂魄，雖然砸中他不會痛，不過應該多少有點效果……」依芳回答得很牽強，這已經是走投無路之下唯一能想出來的辦法了。

身後的張寶明根本不痛不癢，完全推翻依芳所謂的效果論，不過唯一慶幸的是單位雖然不小，也讓兩人還有機會衝進更衣室。

所幸單位將更衣室設計在單位的東邊角落，與馬自達和阿啪所藏匿的地點正好完全相反，此處僅有護理人員才能進出，所以將危險指數突破萬點的惡鬼引至此處，起碼暫時不會危害到其他病人的安全。

「現在該怎麼辦？」如今說這句話的人竟然是依芳，只見她急得在原地團團轉，若不是昨天實在過於疲累，怎會一洗完澡就倒頭大睡，連護身符都忘記帶上？

現在可好了，這簡直是直接邀請張寶明來對付她們嘛。

綠豆從沒見過依芳如此慌張，她也很想跟著打轉，但是現在一定要有個人冷靜下來，只是張寶明隔著一道門不斷撞擊叫囂，實在讓人很難靜下心思考。

絕對不可以慌，絕對不能自亂陣腳！綠豆一再告訴自己。

「依芳，妳快點想辦法，妳快點想辦法，快、點、想、辦、法！」綠豆抓著依芳的肩膀不斷搖晃，同時扯開喉嚨大叫，這就是她所謂的冷靜。

# 第十五章　車禍事件（十五）

「妳再搖下去，我還沒想出辦法就先陣亡了啦！」依芳急忙喊道，晃得她都想吐了啦，「這次張寶明不是無形的魂魄，所以無法穿牆而過，如果他真要脫離軀體闖進來，以他目前的能量看來應該沒有殺傷力，否則他不需要借助別人的身體！現在我們起碼還可以爭取一點時間，所以妳能不能先放過我啊！」

「依芳，沒有護身符，又不能請神明護身，妳還有沒有其他辦法？妳不是常常突然想出逃生方法嗎？再冷靜一點想看看！」其實綠豆緊張到全身無力了，但仍然試著安慰依芳，畢竟她是唯一有可能治住張寶明的人了。

一提到太平間那天，依芳才想起來，她有時的確會在腦海中浮現一些不曾出現過的符咒、咒語或陣法，連她自己都不大清楚到底是怎麼回事，不過現在若是能再想起些什麼，或許將會是救命的關鍵。

「我記得上次暫時開天眼後，就常常會出現一些我無法理解的畫面，我依稀好像有看過……鎮壓妖魔鬼怪的陣法和咒語……」依芳自言自語似的搖頭晃腦，聽那語氣，好像不怎麼有把握。

話才說到一半，更衣室的鐵門一陣劇烈的撞擊聲，原本相當堅固的鐵門竟然已經被撞凹了好幾處，門外甚至傳來指甲刮鐵門的恐怖聲音，光是這麼恐怖的聲音，差點沒讓綠豆腿軟。

綠豆已經管不了那麼多，看著更衣室的鐵門已經被張寶明的指甲搓了好幾個透明窟窿，已經不敢想像萬一這鐵門換成自己的「纖弱」的身體，將會有什麼下場。

「那妳還不快點發功？妳有辦法就快點用，這鐵門已經快壽終正寢了，妳再不快一點，到時駕鶴西歸……不……我們應該是用香消玉殞！香消玉殞的就是我們啦！」綠豆已經急得哇哇大叫，為什麼有人一輩子都遇不到鬼一隻，她卻一天到晚被鬼追著跑啊？

依芳焦躁地跺著腳，「可是……有些部分我記不清楚了……」

「林依芳！」綠豆氣不過地大叫，「妳的間歇性失憶症能不能別選擇性發作？就算想選，也別選在這種九死一生的情況啊！與其這樣，不如我直接請鬼差幫忙算了！」

一聽到又要請玄罡，依芳的心臟不只是漏跳好幾拍，只差沒停止跳動了。玄罡說過，很多事都不是他能插手的，不能老是養成依賴他的心態，雖然那是自己的哥哥，也不能每回出事就抱著老哥的大腿求救吧？何況上回玄罡和鬼王大戰也受了不輕的傷，現在應該正在休養中，實在不好再請玄罡出面了。

不行！這回應該自己想想辦法！但是到底該想什麼辦法？

「哎呀！管他的，橫豎都是死，不如就照我阿公以前的方式試看看怎麼請神，等一會兒若是請神成功，那是我們幸運，如果不成，就認命吧！」依芳秉著壯士斷腕的決心道。

「依芳，妳現在要請神？妳這樣說就對了，我們就是要有這樣的鬥志，趕快請神下來吧！」綠豆立即跪在依芳的腳邊，一臉虔誠，好像即將見證偉大的神蹟一樣。

依芳被她的舉動嚇得僵化好幾秒，好一會兒才回過神拉起她嚷著：「學姐，妳不要這樣啦，幹嘛又跪在我面前？」綠豆老是這樣在自己的面前下跪，如果真會折壽，她恐怕已經少了好幾十年的壽命了！

「等一下搞不好會有偉大的神明會降臨在我面前，我當然要用最大的誠心來迎接……」綠豆難得一本正經，顯然她相當期待。

「請神是一定要請的，不過不是我來請神，而是妳…………」

「什麼？是我？」綠豆不敢相信，怎麼會是她來請神？她根本什麼都不懂耶！

依芳點點頭，解釋道：「妳忘了我現在正逢經期嗎？神明是不可能靠近我的。不是妳請，難道要找外面那個已經快把鐵門吃掉的張寶明來請嗎？」

「可是……」她記得好像有一回也是這樣，為何每次都在依芳的生理期遇到這種鳥事？

「可是什麼？現在沒時間，妳也沒有機會拒絕了！」依芳吃力地將大型移動式吊衣架擋在鐵門前，與綠豆合力清出一個較為寬廣的空間。

被趕鴨子上架的綠豆則是一臉戰戰兢兢，她從沒做過這種事情，不知道會不會出狀況。

「依芳，沒請到神的話，我應該不會怎樣吧？」綠豆試探著問。

「不會。」依芳的臉部表情始終沒有多大的變化，「頂多被張寶明瞬間秒殺而已，真的沒什麼，不用壓力太大！」

哇靠，這樣還叫她不用擔心？她都快嚇到昏過去了。

「學姐，妳聽好了，我不能太靠近妳，所以我必須站在另一邊，等一會兒我念什麼，妳就跟著念，最重要的一點是要注意看我的手勢和步法，而且要心無旁騖，千萬別被其他事干擾！」

綠豆煞有其事地點頭，心底卻一點把握都沒有。

依芳迅速躲入角落，她記得以前曾經見過爺爺請神的畫面，她試著不理會門外面的叫囂和撞擊，開始努力回想以前爺爺用過的每一種手印和步法。

「凌空神霄，熾火風行，何妖不伏，何魔不降，神威一到，萬鬼皆滅，恭請天地神靈，速速前來相助，急急如律令，敕！」當依芳擺好手勢和步法，綠豆也如法炮製地跟著做。

綠豆緊閉雙眼，跟著依芳一句句照本宣科地念著，腦袋中浮現依芳的每一個動作，雖然執行得零零落落，好歹也是完成了！雖然現在不是兒戲的時候，但是狗急該跳牆的時刻，不論是多誇張的方法都該拿來用用了。

她渾身緊繃地等著結果，但是彷彿經過一世紀那麼長，卻根本不覺得自己的身體到底有什麼變化，心中的不安越來越明顯，怎麼……一點動靜都沒有？

依芳縮在另一旁，絲毫不敢輕舉妄動，一方面要擔心門外的張寶明破門而入，一方面又要擔心綠豆請神失敗。畢竟綠豆的體質和自己不同，她沒有和神明相近的磁場，反而是和地下世界的朋友的磁場較合，依芳擔心因此而導致無法請神。

依芳終於瞧見綠豆的身軀開始搖搖晃晃，看起來……好像有那麼回事了。

過不了一會兒，綠豆驟然睜開雙眼，神情和以往大不相同，依芳在心中大聲喝采，沒想到瞎貓碰到死耗子，這樣都能成功！

只是她的開心並未持續太久！在剎那間，依芳覺得綠豆的眼神……怎麼有種說不出的嬌媚，這眼神太女人味，一點都不像是綠豆的個性，但是……又有哪個神明眼帶桃花？聽阿公說過，武神通常都非常凶悍，怎麼可能是這樣的神情？

「采臣？采臣？」只見綠豆一臉驚惶，流露出楚楚可憐的姿態，不斷四處張望，最恐怖的是她竟然伸出蓮花指，活像演歌仔戲一樣，不但有身段，而且全身上下都有戲，簡直和電視上的苦旦沒什麼兩樣。

她到底在叫誰啊？等等，該不會是……

「請問……妳是哪位？」為了確定一下，還是出聲問問比較好。

綠豆眼露嬌羞，以蓮花步稍稍退了好幾步，怯怯道：「小女子姓聶，名小倩，方才正與寧郎共飲，怎料到一陣暈眩竟來到此地。敢問姑娘，此處是何處？何以姑娘衣衫怪異？」

聶小倩？什麼鬼東西啊？綠豆請神請到聶小倩？要請也該請燕赤霞吧？依芳頭痛得狂按太陽穴，瀕臨仰頭叫囂的臨界點。

「小倩姑娘，真不好意思，我沒時間和妳解釋太多，我們還有正事要忙，請妳趕快回去！」依芳一臉尷尬地陪笑著。

聶小倩倒是很配合，聽話地迅速離去了。眼看綠豆又繼續搖頭晃腦，依芳只能暗自祈禱這一次要成功，眼看鐵門上的窟窿越來越大洞，她們沒有多少時間了。

這一回，綠豆的眼睛又睜開了，和方才的桃花眼不同，依芳正準備鬆一口氣，怎知道綠豆竟眼眶含淚，那口氣又提了起來，這一次到底又請到誰？是誰一上來就哭啊？

「還我夫君！天理不公，還我夫君！」綠豆猛然趴在地上，猛捶地板不說，還淚眼婆娑，聲聲句句都血中帶淚，淚中帶血，好不悽涼，令人聞之為之鼻酸。

「請問您是哪位？」依芳認定這回附身在綠豆身上的恐怕也不是武神。

「奴家孟姜女，前來萬里尋夫，殊不知郎君已亡故，奴家心有不甘，正欲……嗚嗚嗚嗚～」

# 第十六章　車禍事件（十六）

原來，眼前的女子竟是哭倒長城的孟姜女，依芳開始覺得頭痛欲裂，有種提前見閻王的感覺了。

為什麼綠豆都請這種弱質女流上來？若真的想要請地下朋友上來，好歹也請一下李小龍或是黃飛鴻吧？他們怎麼說也是一代宗師，再不濟也能跟張寶明對上幾招啊！

依芳急道：「不好意思，我現在真的很趕時間，沒辦法聽妳說故事，可以麻煩妳先退下，讓我們找其他人來幫忙嗎？」

孟姜女幽怨地瞪了依芳一眼，哭得更大聲了，只是漫天巨響的哭聲卻在下一秒陡然停止。

綠豆的身軀又開始繼續搖晃，這次依芳打定主意，萬一又失敗，那麼只能拚著一死跟門外的張寶明同歸於盡了。

綠豆此時搖晃的越來越激烈，動作也越來越大，而且全身上下的肌肉都不住的抖動，臉上的神情也越來越猙獰，額際上的汗珠甩落一地，隨著肢體的劇烈的擺動，綠豆的雙眼刷的一聲，睜的老大，而且瞳孔竟然轉變為暗紅色，眼白週遭則是多了數條青絲，乍看之下，渾身充斥著神鬼不可侵犯的戾氣。

這一回，總不會再出錯了吧？

「請問……不知您是何方神聖？」依芳畢恭畢敬地問著，心底仍然忐忑不安，就怕這次又請錯人，她真的想直接撞牆自盡了。

綠豆發出相當豪邁的笑聲，「妳這黃毛丫頭特意請本神出現，竟然連我鍾馗也不認識？實在該打！」

鍾馗？這下子依芳可說是喜出望外，沒想到這回竟請到了正宗的捉鬼大師，只要有鍾馗在，哪怕張寶明再凶惡，也難逃他的手掌心。

「鍾馗先生，我們正被惡鬼追殺，需要您的大力相助，拜託您趕快收了他吧！」一時之間，依芳還真的不知道怎麼稱呼鍾馗，只能胡亂稱呼先生，顯然鍾馗很不以為然，只是一聽到有惡鬼，綠豆……不……應該是鍾馗的兩隻眼睛發出凶光。

「可～惡～啊～」鍾馗竟然像京劇一樣，不但聲音宏亮，而且音準絲毫不差，光是這三個字就長達一分鐘的時間，看著鐵門已經快要推開，依芳實在心急如焚，但是又不知道怎麼打斷鍾馗的興致，就怕萬一惹得他老人家不開心，拍拍屁股走人，她豈不是功虧一簣？

「竟有無知小輩在我的地盤上撒野？實～在～可～惡～啊～」現在鍾馗不只是引吭高歌而已，還外加好多武打動作，而且很多姿勢都不是普通人能夠辦到的高難度動作，例如半空一字馬，外加倒立迴旋踢等等，如果她們今天有幸活著離開單位，綠豆應該也會痛不欲生……

「那個……那個……鍾馗大師，我實在不願意打擾您的雅興，不過……外面的惡鬼已經快衝進來了，您是不是可以先收了他？到時候您想唱歌，我們再請您到 KTV 去唱個痛快啊？」縮在牆角的依芳緊張地探問。

鍾馗聞言，尷尬地重整神色，嘴裡喃喃叨念：「現代人一點都不懂得中國文化的精髓，這可是有錢也買不到的……」

雖然鍾馗的嘴巴囉唆個沒完，卻也相當盡責地一把推開擋在鐵門前面的大型滾輪式吊衣架，甚至說是相當粗魯地一把「轟開」擋在惡鬼與他之間的鐵門。

門外的張寶明被突如其來的鐵門撞飛好幾步，雖然他早已命喪，不過被附身的阿桑仍是普通人，額際上裂了一道口子，頓時血流如柱。

顯然張寶明的脾氣不怎麼好，一見到綠豆出現在自己面前，立即嘶吼著：「妳敢砸恁爸的門面？妳不知道我是靠這張臉吃飯的嗎？」

不能靠鍾馗過近的依芳差點沒笑死，一度懷疑自己聽錯了。如果他真靠那張臉吃飯，也是專業級的流氓面相，想必是傳說中的「鬼見愁」吧！

「不知死活的無名小輩，膽敢在本大爺的面前班門弄斧？若不收了你，豈不讓人笑話？」

只見鍾馗渾身上下帶著狂風掃落葉般的殺氣，踏起步伐，嘴裡哼唱著不成調的曲子，只是哼出口的每一聲每一句都帶著濃厚的肅殺之意，一旁的依芳已經被氣流颳得臉頰隱隱生疼，連呼吸都顯得費力，反觀站在鍾馗面前的張寶明，整張臉嚴重變形外，差點連站都站不穩。

還不知道眼前的綠豆已被鍾馗附身的張寶明憑著一股蠻力，怎樣都嚥不下這口氣，不信邪地奮力衝上前，扛起原本就放在更衣室外面的污衣桶，偌大的污衣桶是鐵製的大型圓桶，好說也有十幾二十公斤，猛力朝著鍾馗一砸……

怎知污衣桶完全近不了身不說，而且還被包圍著鍾馗的無形結界震飛，毫不留情地朝著張寶明的面門落下，還好他反應快，閃身躲了過去。

「可惡！」張寶明心有不甘地大聲怒吼。

此時鍾馗左手竟然憑空出現一把油紙扇，右手則是亮出了一把色澤深沉得猶如染墨夜空的寶劍，鍾馗陰陰一笑。

「小鬼，哪～裡～跑～」鍾馗一聲暴喝，手中寶劍脫鞘，也同時撐開手中的油紙傘。

傳言這兩樣是鍾馗抓鬼的寶物，依芳沒想到自己竟然有機會親眼見到，不禁打從心底感到一陣激動，如今寶物一出，張寶明想逃脫也難了。

神經大條的張寶明似乎也察覺不對勁，隨即轉身脫離阿桑的身軀，他萬萬沒想到當鬼才剛滿一個禮拜，就連踢了兩次鐵板，看樣子當鬼比當人還要難混，必須趕緊逃離這地方才行！

可惜念頭才起，還來不及脫離阿桑的身體，便被一股力量拖住靈體，往油紙傘去。

張寶明終於露出驚恐的神色，拚命掙扎，嘴裡不斷大喊：「我還沒找到我弟弟！我要找我弟弟！志明！志明！你到底在哪裡？」

志明？依芳警覺地跳了起來，那個漂亮的不像話的男人，果真是他的弟弟？

依芳見到他這副模樣，心中不捨之情頓時油然而生，但是她又擔心萬一請鍾馗放了張寶明，對方會不會恩將仇報呢？

依芳一個頭兩個大，理性和感性正在天人交戰之際，她突然看見一道白影從張寶明背後的牆面出現，只見那道白影也漸漸被油紙傘吸了過去。

「糟了！是阿飄！」依芳耐不住脫口大喊。

依芳想也不想地立刻上前，想阻止鍾馗收了阿飄。哪知她一靠近，鍾馗隨即瞪了她一眼，甚至還來不及說話，就脫離了綠豆的身體。

只見綠豆軟趴趴地倒地不起，而阿飄也在這一瞬間徹底解脫了，只是最令人擔心的狀況也發生了，張寶明跟著重獲自由……

依芳完全忘了自己仍在生理期，所以絕對不能靠近神明，就算鍾馗屬於地府的鬼王，但他是受封過的鬼神之一，隸屬神界一職，絕不能有任何穢氣靠近，所以在第一時間離開也是理所當然。

見到自己犯下大錯的依芳只差沒抱頭尖叫，她不敢相信自己竟會幹出這等蠢事，如今好不容易才請到的鍾馗連聲再見都來不及說就消失了，她到底該怎麼收拾殘局？

張寶明似乎仍處在暈眩狀態，沒辦法穩住自己的靈體，突然被放出來的他像顆被放氣的氣球一般，在空間內橫衝直撞，找不到自己的方向，只能不停地在同一個範圍內打轉，不過依芳知道他遲早會停下來，只是時間早晚而已。

「學姐，快點醒過來啊！」當務之急必須趕快叫醒綠豆，她必須爭取所有時間，不然就算她狂灌十箱蠻牛，也絕對扛不動綠豆。

綠豆悠悠轉醒，眼睛還來不及睜完全，依芳就拉著她的手，直接奔向單位大門。

「怎麼回事？依芳，剛剛我有沒有請到神？怎麼我全身像是被打過一樣的疼痛啊？難道我失敗了？那張寶明呢？」尾隨依芳直奔大門的綠豆是滿肚子疑問，但是依芳卻沒有時間可以回答她，因為現在的時間實在太過寶貴，浪費一秒，等於製造一秒的危機。

綠豆真心覺得這陣子跑得有夠頻繁，她又不靠這個減肥，但是最近大家都說她瘦了，八成拜被鬼追所賜，不過……她真的不想再跑了！就算要跑，也要搞清楚狀況再跑！

「依芳，我們不能離開單位，保護病人是我們的責任！」綠豆在千均一髮之際，說了一句人話。

綠豆的一番話宛若當頭棒喝，登時讓依芳停下腳步。

是的，他們現在有腳能逃，但是躺在床上的病人呢？誰來幫助他們脫困？萬一她們真的逃脫了，張寶明卻找這些無辜的病患出氣的話，又該怎麼辦？

但是，不逃難道就要在這邊等死嗎？依芳完全不知該如何是好。

「哈哈哈哈！果真天助我也！連老天爺都站在我這邊！」方才還在更衣室外邊打轉的張寶明已然回復正常，而且再次附身在阿桑身上，得意地移至兩人身後，張開血盆大口狂笑，盯著依芳和綠豆，「老天既然給我機會，我怎好意思浪費呢？」

隨著張寶明步步逼近，依芳和綠豆則是節節後退，現在就算把他們的腦袋擰出水來，也想不到什麼好法子了。

「老大，你……你沒必要那麼生氣，只不過是幫你找弟弟，這有什麼難的？」早知道當初就不該逞一時之能，搞得現在一身腥，綠豆只能頻頻示好了。

弟弟？對啊，剛剛忙著逃跑，完全忘了這回事，依芳的眼神中登時散發出狂喜的精光，她想到辦法度過難關了！

「我知道你弟弟在哪裡，他兩點半就會回到這裡！」依芳咧開嘴，一臉興奮地宣告著。

但是，別說張寶明不信，連綠豆也是滿臉懷疑，趕忙在依芳耳邊嘟囔著：「依芳，妳是被嚇得腦筋秀逗了嗎？這招我們之前就用過了，一點路用都沒有，現在妳用同樣的謊話騙他，這不是自打嘴巴嗎？」

依芳卻氣急敗壞地瞪了綠豆一眼，大剌剌指著張寶明道：「我沒有騙他！他弟弟真的是張志明啦！」

什麼?!綠豆瞪大了眼，那個長得比女人還漂亮的張志明是這個流氓的弟弟？他們到底是不是親兄弟，長相也太懸殊了吧！

「妳別再騙我了！妳知道我弟弟的名字有什麼稀奇？我剛剛才叫了他的名字，妳會知道也是理所當然！」張寶明一臉鄙夷，擺明說什麼都絕對不會相信她們說的一字一句了。

依芳和綠豆臉色鐵青，急著想要解釋所有的前因後果。

偏偏在這時，方才差點被鍾馗打包收走的阿飄正搖搖晃晃地飄動著，看他還是一臉想吐的模樣，想必是剛才的後遺症還沒消退。頭暈的阿飄根本沒看清楚站在依芳和綠豆不遠前方的阿桑簡直就像超級賽亞人，竟然迷迷糊糊的憑著本能朝綠豆靠近，一點警覺心都沒有。

張寶明見到阿飄朝兩人靠近，頓時明白過來，怒吼道：「原來這傢伙跟妳們是一夥的，還要我相信妳們？妳們當我是白痴嗎？」

綠豆慶幸單位裡面躺平的都是重度昏迷的患者，不然聽到這麼尖銳又難聽的嗓音，恐怕清醒的人也會嚇到重度昏迷，例如她就快了。

依芳則是一見到阿飄，恨不得衝上前狠狠踹他兩腳，方才要不是因為他，也犯不著一時衝動而不小心踢走了鍾馗，導致淪落到走投無路的絕境，現在又跑出來攪和，眼下這爛攤子到底要怎麼收啊？

只見張寶明飛快地一把抓住阿飄，緊勒他的脖子。

「阿飄！」依芳和綠豆不約而同的驚呼。

「救……命……」阿飄雖然沒有呼吸不順暢的問題，卻被勒得很難受，連開口說話都有問題。

張寶明嘿嘿冷笑兩聲，「妳們也知道怕？這就是你們招惹我的下場！什麼天師傳人？根本就是狗屁！我就要在你們面前將這隻小鬼五馬分屍！」

眼看張寶明就要動手，阿飄痛苦得直扭動身體，依芳和綠豆急得團團轉，但是……奇怪的是，就在下手的一瞬間，張寶明的手竟然停在半空中動也不動。

「志明，哥哥終於找到你了！」下一刻，張寶明轉而抱住阿飄嚎啕大哭，像個孩子一樣，完全不看場合。

別說死裡逃生的阿飄一頭霧水，就連依芳和綠豆見到這麼戲劇化的演出，差點回不了神，真正的張志明根本就還沒回來，他抱著阿飄是怎麼回事？難不成鬼也會中邪嗎？

「老大，你……你是不是認錯人了？」阿飄全身像是蠕動的蟲，一秒也無法停止無謂的掙扎。

「不會！我不會認錯人！」原本凶惡的猛虎在轉眼間變成淚眼汪汪的小花貓，「你絕對是我弟弟，我弟弟在脖子後面有刺青，你看，跟我肩膀上的刺青一模一樣！」

張寶明迅速脫離阿桑的軀體，回復他生前的模樣，一拉開自己的衣袖，發現有雙頭蛇的刺青正在他的臂膀上，這圖騰……依芳有種說不出的熟悉。

綠豆一見這圖騰，趕緊上前看看阿飄的脖子後面，果然……有個完全一樣的刺青。

不會吧?!他們真的是兄弟？有沒有這麼準啊，隨便說都中獎！

「等等，你若是張志明，那……外科的張志明又是誰？」這下子綠豆完全亂了套。

第十七章　車禍事件（十七）

「也就是說，阿飄應該還沒死嗎？」依芳低頭沉思一會兒，終於出聲，「難道這就是人家說的靈魂出竅？」

難怪每次阿飄出現時，週遭的磁場幾乎沒有多大變化，甚至只要沒特別注意，根本無法察覺他的存在，這樣的解釋就能說得通了。

「靈魂出竅？」綠豆和張寶明兄弟倆非常有默契地異口同聲。

「沒錯！如果我沒猜錯，阿飄現在的靈魂已經不在身體裡，通常靈魂出竅有兩種原因，一種就是軀體已經瀕臨死亡，所以靈魂無法附著，另一種就是純粹是因為軀體過於虛弱所導致的異常現象。」

「我弟弟屬於哪一種？」張寶明非常急切地開口詢問。看樣子他雖然對別人總是蠻橫霸道，卻相當關心自己的弟弟。

「以我對你弟弟的瞭解，我懷疑是不知死活那一種，特例第三種！」綠豆嘴快地回答，她真的快被阿飄搞死了，如果不是因為他，也犯不著搞出這麼多事端，如果再讓她多和阿飄相處一天，就算她不死，大概也會去了半條命。

正在張寶明不知該怎麼回答時，突然單位的門鈴響了起來，綠豆抬頭一看，現在果真凌晨兩點半，外科的效率真好，一秒不差地把人送來了。

「現在怎麼辦啊？單位亂成這樣，怎麼可以讓別的單位看見？到時呈報上去，我們兩個就吃不完兜著走了！」綠豆響起非常重要的一件事，醫院各單位對於整齊清潔非常重視，前一陣子醫院甚至為了提倡良好的醫療品質，還舉辦整潔大賽，過於髒亂的環境若是遭到檢舉，免不了又是一頓臭罵。

現在單位就像被烏茲衝鋒槍掃射過後的滿目瘡痍，怎麼見人？

張寶明眼見門外的就是自己的弟弟，還錯怪自己弟弟的恩人，心底也是一陣愧疚，趕緊說：「我想辦法將這裡清理乾淨！」

「你跟阿飄嗎？開什麼玩笑？除非你能讓時間停止，否則你怎麼有辦法在一瞬間讓這裡回覆原狀？」依芳也忍不住開始跳腳，但是卻在這時候察覺張寶明的聲音怎麼越來越微弱？難道因為他找到自己的弟弟，所以化去戾氣，不再是惡鬼了？

也就是說，張寶明現在是了無牽掛的鬼魂，她漸漸聽不見他的聲音了。

「不管了，病人為大，也顧不了單位了！」綠豆重新振作精神，若是不快點將這件事情完美解決，只怕她也沒力氣再和這對兄弟倆周旋了，「依芳，現在我到門口外面交班，妳負責把病人推進來！」

綠豆在工作上是天生的領導者，動作也相當敏捷，完全不給依芳多餘思考的時間，隨即把依芳推出大門。

「學姐，今天是妳送病人過來啊？」綠豆故作若無其事地打哈哈，站在眼前的是醫院裡面最出名的外科千年老妖和另一名看似備受欺壓的小護士，看著病床上擺滿了各式各樣的插管和特殊器材，顯然這次送回來的病人也不怎麼樂觀。

最令綠豆頭痛的是眼前的千年老妖，為什麼外科這麼多人才，偏偏是她送病人過來？她在醫院工作起碼超過十五年以上，是相當資深的老護士，相親了千百次都不曾成功，總是喜歡在臉上塗塗抹抹，常頂著七彩繽紛的尊容出現在大夜班，據說曾有菜鳥小護士在三更半夜的走廊見到她而嚇得飆淚。

「趕快進去交班！」千年老妖一把推開綠豆，就要打開單位的大門。

綠豆在心中大喊不妙，不過以她的資歷，也不能真的毫無理由地不讓她進去。

「學姐學姐！」綠豆趕緊拉著千年老妖，苦笑著，「學姐，在這邊交也是一樣，病人讓學妹推進去就好了，不用勞煩妳了！」

「開什麼玩笑？」千年老妖立即提高八度音，「妳們單位是怎麼一回事？這裡是重症單位，不是一般病房，哪能這麼草率？怎麼，還是你們不敢讓我進去？」

「這……怎麼可能啊，哈哈哈……」唉呀，總不能跟她說裡面鬧鬼吧？綠豆平時雖然最會瞎掰，不過一旦面對千年老妖，就什麼方法也想不出來了。

現在姑且不論千年老妖的顧人怨，光是她目前是院內整潔大賽的執行長，就知道她絕對沒辦法接受猶如戰亂災區的畫面。

「怎麼不可能？你們現在這些年輕人最愛作怪，做事投機取巧，必定有什麼事情瞞著我！」千年老妖根本就不理會綠豆的攔阻，一把推開依芳便逕自朝著單位裡面走。

綠豆和依芳只能縮在門外緊閉著眼睛，慌張地等待著即將來臨的尖叫聲。

一秒、二秒、三秒、四秒……怪了，怎麼一點動靜都沒有？照理說，以千年老妖那種喜歡大驚小怪的性子，怎麼可能當作沒這回事？

綠豆和依芳面面相覷，一時搞不清楚是怎麼回事，卻突然聽見千年老妖相當不耐煩的口氣，「還愣在那邊做什麼？站在外面打混就有錢可以領啊？還不快點把病人推進來？」

這麼一吆喝，兩人才趕緊回過神，手忙腳亂地把張志明趕緊推進單位，只是當兩人重新踏入單位時，卻紛紛傻眼良久……

單位的地面依舊亂七八糟，桌上文具和資料夾也東倒西歪像是慘遭龍捲風肆虐，放眼望去更可以看見陳屍的桌椅和已經扭曲變形的點滴架，單位內唯一完好無缺的只有躺在床上的病患們。

但是，千年老妖卻視若無睹地站在護理站的正中央，開始整理手中病歷，準備交班。

「那個……雖然說千年老妖的年紀的確不小，不過……她的眼睛有老花的這麼厲害嗎？現在單位像是被鬼打到……」綠豆突然頓了一下，「更正，我們單位是真的被鬼打到，難道她沒看見嗎？」

依芳也納悶地搖搖頭，別說千年老妖，就連方才跟著推病人進來的外科小護士也是默默低頭整理張志明身上的儀器，好像根本沒有察覺任何異狀。

到底怎麼回事？兩人一頭霧水。

不過最要命的卻是阿啪竟然已經在單位裡面走動，還幫病人蓋好被子，毫無經歷一場恐怖事件的樣子。

實在太詭異了，剛剛阿啪明明還縮在被褥間，死也不敢走出來，怎麼現在不但表情自然，還可以露出微笑？

「我認識猴子啪這麼久了，我以阿啪的內褲打賭，她絕不會做作地幫每個病人蓋被子！」綠豆忍不住低聲對依芳道。

依芳認同地點頭，重症單位的病患有大多數都無法自理，就連最基本的翻身都辦不到，通常是由護理人員每隔兩小時幫病患翻身一次，順便幫病換檢查尿布，必要時抽痰、拍背等等，當然幫病換蓋上棉被是最基本的動作，所以平時根本不需要刻意幫病患蓋被子，阿啪怎麼會做出這種多餘的動作？

「你們到底誰要交班？拖拖拉拉地想摸魚嗎？如果病人需要急救，以妳們的效率而言，病人早就送太平間了！」千年老妖又開始展露出她最得意的嘴上功夫了。

綠豆摸摸鼻子，無奈地上前，現在她只希望能越快讓千年老妖離開越好，她可不希望再出什麼亂子了！

依芳覺得莫名其妙的當下，突然發現張寶明正在千年老妖附近徘徊，本來應該在場的阿飄則消失無蹤，只多了行為非常怪異的阿啪。她不得不大膽猜測，阿啪恐怕是被阿飄附身了，而千年老妖和外科小護士大概被鬼遮眼了，否則怎麼可能對一片凌亂的現場毫無反應？

「小護士，這老查某讓恁爸蓋賣爽，可不可以等一下讓她爬著出去？」張寶明突然飄至綠豆的身邊，齜牙咧嘴地說。

「大哥，拜託你行行好，別再替我們找麻煩了，我們只是地位卑微的超級小小護士，惹不起她這種資深學姐，你就放過我們吧！」綠豆盡量不引人注目的小小聲地求饒。

雖然和惡鬼纏鬥的確是膽戰心驚，不過若是和千年老妖這種人物相比，張寶明不過是小菜一碟。惡鬼再可怕，也抵不過小人的兩肋插刀，也就是從背後肋間的位置給你狠狠插兩刀！

張寶明不以為然地撇撇嘴，看著千年老妖的神情似乎不怎麼友善，只是面對職場上極小部分的特殊對象也只能忍耐，綠豆實在不想多生事端，更不想利用鬼神來滿足自己私欲。

「病人都在這邊了，你們的值班醫師怎麼還沒出現？實在是一點效率都沒有，把狀況危急的病患交給你們實在很難放心，如果不是因為我們單位沒床，怎樣也不會把病人轉到你們這邊來！」千年老妖刺耳的嗓音再度傳來，看著綠豆的眼神甚是鄙夷。

明明內外兩科的交情還不算太壞，大家彼此也都是相互照應，只是一但遇到這種自以為是的角色，就容易引起單位間的紛爭。

脾氣超好又愛耍嘴皮子的綠豆也在瞬間變臉，心想這學姐真是欺人太甚，何況她能老實地告訴千年老妖，他們的值班醫師目前把自己關在備餐室嗎？

就在氣氛非常尷尬的當下，千年老妖突然打了一陣哆嗦，原本飄在半空中的張寶明不見了，而千年老妖的印堂卻泛上一陣青。

千年老妖兩眼渙散地站得筆挺，突然朝著綠豆彎腰九十度，機械化地喊著：「學妹，對不起！是我太機車！」

依芳和綠豆嚇得差點跌坐在地，但還沒結束，就見千年老妖開始瘋狂地自打嘴巴，而且下手不輕，嘴裡還大喊著：「我機車！我白目！我機車！我白目……」

「別……別……這樣！」綠豆懷疑自己的顏面神經正面臨前所未有的考驗，在外人的面前自然不好將千年老妖被附身的真相說破，但是看到千年老妖的兩頰全是紅得發紫的巴掌印，連嘴角都快滲血了，再這樣下去怕會出事。

「可以了，再打下去要出人命了！」依芳趕緊站在千年老妖的身邊低聲制止，「趕快讓她離開單位，而且讓她越遠越好，起碼坐進電梯之後再脫離她的身體，先安置你弟弟再說！」

被附身的千年老妖果真停下「手邊工作」，故意冷哼兩聲，隨即逕自走出單位，原本看的目瞪口呆的外科小護士也隨即像個小媳婦一樣委屈地快步跟上。

直到確定單位大門關上，依芳和綠豆才如釋重負地鬆了一口氣，不過她們卻也在第一時間立即翻開躺在病床上的張志明的衣領，證實他的脖子上的確有個和阿飄一模一樣的刺青。

這時附在阿啪身上的阿飄趕緊跑上前，一臉驚訝地嚷著：「真的是我耶！」

乍時聽見阿飄說話的依芳也嚇了一大跳，此時她驚覺一件非常重要的事實，原來鬼魂只要附身在人類軀體裡，所發出的音頻就和人類一樣，她自然也能聽得清清楚楚。

綠豆猛然往阿啪的後腦勺敲了一記，「你這個白痴，你在自己的面前晃了這麼久，難道一點印象都沒有嗎？這是你自己耶！」

阿飄尷尬地咧嘴笑了一下，「被撞成這樣，就算是我爸媽也認不出我來吧？妳看連我哥都差點把我掐死，就知道我被撞得超徹底，我認不出自己也很正常。」

「哪裡正常？當初你哥沒把你掐死，現在換我想掐爆你的腦袋！」綠豆朝著阿飄叫囂。

「原來我真的是張志明。」阿飄顯然沉浸屬於自己歡樂的世界中，完全沒聽進綠豆的話，「這樣說來，他真的是我哥哥？太好了，起碼我不用孤孤單單了！」

阿飄開心地靠近正好飄回來的張寶明，似乎想要看得更仔細一點，好幫助自己回想起腦中的記憶，「原來你真的是我哥哥啊。」

「是啊，我真的是你哥哥，你不記得了嗎？」張寶明的語氣聽起來好像有點失望。

「綠豆說我可能在死前受到極大驚嚇，很多事情都記不清楚了，不過我會想起來的！只是……哥哥，為什麼你的肚子這麼大？原本就這樣嗎？」

「喔，這個啊。」張寶明隨即用尖銳的指甲搓了自己鼓漲的肚皮一下，隨即噴出一道細小的血柱，「我被撞的內出血啦！肚子裡面全都是血，你看！」

張寶明又一連搓破好幾個洞，噴出好幾道的血柱，而且兄弟倆好像越玩越起勁，正在忙著安置病患的綠豆完全不懂這到底有什麼好玩？當作現在是特技表演時間到了嗎？

但是，當綠豆和依芳兩人將張志明的身體安置妥當的時候，張寶明卻收斂起先前的輕鬆神情，反而是一臉凝重。

「志明，你現在先去整理一下環境，我有些事想和這兩個小護士談談。」

此時的張寶明少了先前的戾氣，多了身為兄長的寵溺，依芳和綠豆甚至能從他的眼神中瞧見濃濃的兄弟之情。

雖然沒記憶，阿飄還是很聽話。他飄到牆邊的角落去，默默地低頭做事。

張寶明則是回過頭盯著綠豆和依芳，一臉凝重地開口問：「小護士，我弟弟現在的狀況怎樣？他到底要不要緊？我看他被撞得這麼嚴重，不知道他……」

張寶明欲言又止，似乎不想從自己口中說出最壞的打算。

「他問什麼？」依芳見他一臉掙扎的表情，忍不住心急地追問綠豆。

綠豆想起依芳聽不見身為靈魂狀態的聲音，趕緊在她耳邊輕聲翻譯，就怕另一邊的阿飄聽見。

「小護士，妳說……我弟弟可以活下來嗎？」張寶明希冀的神情和先前的凶惡大相逕庭，完全無法聯想是同一個人。

「這個……目前他的生命徵象還算穩定，至於比較詳細的病情，這就需要醫生解釋……」綠豆的眼神有些閃爍。

在臨床上，護理人員在職責的區分上的確不可以解釋病情，詳細的病情一率由醫師解說，這是醫院裡面最基本的規則。

依芳看著綠豆不自然的表情，想也知道剛才交班的時候就知道張志明的大概狀況，只是她不想說得太清楚吧。

「小護士，請妳老實告訴我，我可以承受。」看著綠豆扭捏的模樣，張寶明再次深吸一口氣。

綠豆嘆了一口氣，正經地回答道：「你也看到張志明全身受到嚴重撞擊，醫師也說過若不是因為他年輕，絕對不可能撐到醫院，他到現在還有心跳已經算是奇蹟了。

「腦部撞傷嚴重，當時送到急診時就已經急動刀過一次，腦部的受創很棘手，就算之後他醒來，恐怕在智能上、表達上都不可能和以前一樣，現在……甚至連他會不會醒都不知道！現在的他非常虛弱，抵抗力不足，怕傷口感染，有持續發燒的現象，而且目前他的腦壓仍然不斷上升，血壓只能靠強效急救藥勉強維持……」

綠豆已經將張志明的情況說得很明白了，他的狀況不太好，應該說是非常不好……

張寶明聞言，紅了眼眶，身子在瞬間矮了半截，若不是因為真的看不見他的腳，依芳和綠豆應該也會跟著跪下吧！

「大哥啊，你是嚇到腿軟還是真的跟我們下跪？拜託你別這樣，趕快起來好不好啊？」綠豆急著想把他拉起來，但是除了感到一陣冰涼外，根本什麼也都接觸不到，更別說想把張寶明攙扶起來了。

「拜託你們救救我弟弟，拜託！」張寶明這麼一個粗獷豪邁的大男人竟然哽咽起來，「自小我爸就因為殺人去坐牢，我媽欠下一屁股賭債又跟別的男人跑了，打從我國中開始，就和弟弟寄宿在親戚家裡，親戚看不起我們又當我們是累贅，一路以來都是我們兄弟倆互相扶持。我弟弟的膽子小，就連約好一起搶劫，他總是會在最後一刻縮手，我知道是我這個哥哥耽誤了他，沒給他做好榜樣，但是他真的還年輕，還有大好前程，現在我已經沒辦法在他身邊照顧他，拜託妳們行行好，想辦法救他，我給妳們磕頭了！」

張寶明不斷地向依芳和綠豆磕頭，阿飄則默默站在他背後，絲毫不敢出聲。

看著原本強悍的哥哥為了自己不惜和人下跪，他的內心感到一陣陣疼痛。

「你這是在做什麼??」從沒受過這種大禮的兩人頓時慌了手腳，趕緊上前扶起他。

「張寶明，我們是醫護人員，就算不用你說也會想辦法救他，只是生死有命，他目前的狀況只能看命運安排了，這是無法強求的。」依芳急得不知如何是好，經由綠豆如泣如訴而專業的同步翻譯，也不由得感動的一把鼻涕一把眼淚，但是卻有心有餘而力不足的無奈。

「求求你們！求求你們救我弟弟！求求你們！」張寶明已經泣不成聲，這是自己唯一能幫弟弟做的事了。

阿飄看著這一幕，腦中浮現許多片段的記憶，從小到大哥哥為了讓自己不被人欺負，總是擋在他身前保護他。就算最後受傷的總是哥哥，他仍會強顏歡笑，告訴自己不要怕……

「哥！」阿飄立即飛奔至張寶明身邊，跟著跪了下來，流淚道，「哥，你別這樣，我不在乎自己是否能活下去，你不需要為了我向別人下跪。如果我死了，起碼我們可以同在在黃泉路上相伴，我們從小一起長大，少了誰都不行，我不要你一個人孤孤單單！」

阿啪此時淚如泉湧，實際上卻是張志明的悲泣。現在，他終於想自己還有一個哥哥，世上唯一的哥哥。

看著這一幕的綠豆已經分不清臉上到底是眼淚還是鼻涕，這對兄弟雖然為她們找了很多麻煩，不過看他們哭得這麼慘，自己也不由得跟著掉淚。

阿飄和張寶明哭得不能自己的時候，張志明的床號卻開始發出尖銳的警鈴聲，這表示……病人有狀況！

依芳急忙衝到張志明的床邊，看著床頭上的監視螢幕，開始報數據，「心跳和血壓、血氧都不斷下降，目前連一次自發性呼吸都沒有，完全依賴呼吸器，目前藥物計量已經是最高極限了。」

「糟了！要準備急救了！」綠豆回過神，馬上看著阿飄大叫著，「快點離開阿啪的身體，讓她醒過來加入急救行列，光憑我們兩個恐怕應付不了，還有……

馬自達呢？馬自達會不會躲太久了？馬自達！馬自達！」

綠豆急著扯開喉嚨大叫，現在這種場面還是有醫師在場比較好，雖然等他看到單位裡面的混亂場面有可能會昏厥，基於職業立場還是要告知他一聲。

阿飄連忙離開阿啪的身體，任由身體隨意倒在地上，不過現在沒人有時間管她到底躺在哪裡了。

綠豆則兩步併作一步地衝向備餐室，偏偏備餐室已經上鎖，怎樣都打不開，而且最詭異的是裡面竟然一點聲響都沒有。

「馬醫師，外面沒事了，你快點出來，病人要急救了！」綠豆瘋狂撞擊門板，甚至連踹了好幾腳，心想馬自達裝死的功力果然了得，居然這樣都不出來！

「小……小護士……」張寶明扭扭捏捏地上前，一臉倉皇，「剛剛……剛剛我擔心他會衝出來壞了我的鬼遮眼，所以……我剛剛穿牆過去，故意現身讓他看到我的樣子……」

綠豆一愣，「然後咧？他現在是……」現在她真的有種超級強烈的不祥預感。

「他看了我一眼，還來不及叫就……就……」張寶明急得不停地捲著自己的頭髮。

綠豆看他這神情，根本連猜都不用猜，以她對馬自達的認識，當然知道他會有什麼反應，最悲慘的是他把自己鎖在裡面，以現在狀況而言，也沒時間找鎖匠了。

「學姐，病人心跳低於五十，血壓量不到了！」依芳大叫，隨即站在床邊立即給予心臟按摩，再不快點，病人的心跳要歸零了！

綠豆沒時間想太多，拚著自己好歹也是拿過高級急加護訓練結業證書，照這局勢真的只能自己來了。

她趕緊奔至張志明的病床前，順路踢了倒在地板上的阿啪一腳，急忙大叫：「阿啪，妳還有時間睡覺？快點起來急救！」

阿啪像是瞬間被導電一樣從地上彈起，直奔急救的病床前，這副好身手就連正在CPR的依芳也自嘆不如，不得不認真懷疑阿啪到底真的是猴子轉世，還是她經過長期急救訓練的本能作祟，身手靈活到可以去演特技了。

「怎麼回事？我怎麼會躺在地上？怎麼會突然有病人要急救？這病人又是什麼時候接的？通知馬醫師了沒？」阿啪手腳俐落地抽著急救藥，一邊注意螢幕上所有指數，還同時追問馬自達的去向。

「心律產生變化了！」只可惜是不好的變化，綠豆看著心電圖大叫，「電擊器！」

阿啪相當有默契而迅速地將電擊器推上前，甚至不用交代就貼心地調整好焦耳，綠豆將電擊器貼在張志明胸腔上，往後看了另外兩人一眼，大喊：「clear！」

碰！強大的電流在張志明體內流竄，只期待能讓他的心律回覆規律。

三人再次抬頭，令人灰心的是，螢幕上的心律卻變化不大。

「再一次！」綠豆不死心，高高舉起手中的電擊器。

「不用了！」從綠豆的身後，突然傳來阿飄的聲音，只是顯得虛弱而不真實。

綠豆像是定格一般沒辦法繼續動作，現場三人只有她聽得見阿飄的聲音，基於職業道德，她非救不可，但是基於人性立場，她有必要尊重病患，尤其是如今正承受急救痛楚的當事者，只是這當事者不是一般人，她到底該怎麼辦？

「志明，你在胡說什麼？」張寶明的語氣顯得氣急敗壞，「哥哥希望你能繼續活下去，就算只有一線希望，我也要你好好活著！」

「我知道。」阿飄的語氣竟然是前所未有的堅定，「但是很多事無法強求，我自己的狀況我自己明白，打從我靈魂不在體內時就有這樣的認知，現在我只不過在拖時間，不如讓我保有最後的尊嚴，好好走吧！我不想臨死前還要遭受這樣的折磨！」

第一次，恐怕也是唯一一次看著自己被人急救的心情真的非常怪異，看著自己的身體備受折騰，但是自己卻一點感覺都沒有，只覺得自己拿著貴賓席的票，看了場自己一點興趣也沒有的鬧劇。

「綠豆，妳在幹嘛？」原本低頭抽取急救藥的阿啪聽不見任何聲音，納悶地一抬頭，卻發現綠豆舉高電擊器在半空中動也不動，心急地大叫，「都什麼時候了，妳以為現在是命運好好玩，有遙控器可以按暫停嗎？」

殊不知，綠豆此刻卻是天人交戰。到底該讓病患在不可逆的病情下保有尊嚴離世，還是應盡醫療責任，無論如何先讓病人有心跳，就算時間短暫也無妨？

「綠豆，真的夠了。」阿飄的聲音鏗鏘有力，他已經下定決心，就算是張寶明也無法改變他的決定，「我想選擇死亡，我被撞成這樣又是動刀、又是插管，除了醫師，妳最瞭解我的病情，妳知道就算我救回一條命，也不可能跟正常人一樣，甚至可能在床上躺一輩子度過餘生，這不是我要的人生！」

「志明，你現在到底在開什麼玩笑？要聽哥哥的話，一定要救！」張寶明的聲音穿插進來，顯得急切又著急。

「綠豆，妳被點穴了是不是？到底要拿著電擊器多久？到底電不電？」阿啪在她耳邊叫囂。

「電！小護士，別管他，給他電下去！」張寶明也在她的耳邊叫囂。

「哥，請你尊重我！我知道醫院可以讓人簽署拒絕急救的同意書，現在我雖然不能簽字，不過我口頭上要求也不行嗎？」阿飄也拉開嗓門大叫。

場面混亂的讓綠豆一時之間不知該聽誰的才好，不知所措的表情映入早就察覺不對勁的依芳眼裡，依芳不由得將準備掛上的點滴又拿了下來，鎮定地問：「是阿飄有問題嗎？」

依芳會這麼問，是因為張寶明在找到弟弟的那一瞬間已經化去自己的戾氣，沒有怨念就不成惡鬼，現在的張寶明和一般鬼魂相差無幾，依芳也只能看見身影，卻聽不見聲音。

阿啪像是被人甩了一巴掌似的錯愕，「阿飄？什麼阿飄？妳們不要說些我聽不懂的話啦！」

「阿飄說，不要救他。」綠豆定定地看了依芳和阿啪一眼，說出阿飄的決定。

這一瞬間，一片死寂，連原本相當反對的張寶明也驟時安靜下來，只因為綠豆的神情似乎顯得相當難過。

「是嗎？他看到這畫面覺得很痛苦嗎？」依芳的語氣帶著同情，這樣的畫面若不是專業的醫護人員通常很難接受，因為過程中的確不好受，別說他是當事者，就算是家屬也沒辦法承受。

「他希望我們尊重他的選擇，他不希望往後只靠機器存活，他有權選擇自己的人生。」綠豆知道阿飄說的沒錯，他傷得這麼重，能有呼吸心跳已經是上天憐憫了，就算救活，有極大可能要一輩子住在醫院或療養院。

阿啪雖然早就知道眼前這兩人有陰陽眼，不過秉持著依芳的原則，總是不說破也不嚇人，上班一向相安無事，現在突然多了一個「阿飄」出來說話，阿啪差點把急救藥打進自己身體裡。

「那……護理紀錄要怎麼寫？難不成寫說病人的魂魄說不要急救嗎？阿長看到紀錄，一定會把我們三個當做菜頭，拿菜刀切成好幾段啦！」看著螢幕上的心電圖已經很不爭氣地成了一條直線，阿啪第一件事情竟然是先想到阿長。

「護理紀錄還不簡單，我們已經做了這些急救措施，數據和心電圖都有，而且……」綠豆話還沒說完，突然發現牆面上冒出兩個奇形怪狀的半透明物體。

其中一個頭上長著羊角，眼睛像魚一樣沒有眼皮，嘴唇上掛著好幾個拉環，全身都是像是生鏽的青銅器一樣，呈現暗綠色；另外一個則是沒有耳朵，眼睛卻出現在鼻孔裡，嘴巴跟馬一模一樣！

兩人穿著輕便的鎧甲，其中一人手中握著鎖鏈，另外一個手上拿著戟，這……實在像極了之前所看到的……鬼差！

只是這回的鬼差怎麼看起來殺氣更甚，氣勢相當驚人。

「張寶明，時辰已到，快隨我等回枉死城覆命！」頭頂著羊角的鬼差一把捆住張寶明的手腳，蠻橫地拖著他往前走。

# 第十八章　車禍事件（十八）

「枉死城？？」綠豆和依芳兩人不約而同叫出聲，枉死城是命不該絕卻喪命的人所該前往的地方，有部分意外身亡的鬼魂必須在枉死城耗盡陽壽才能離開。

「不……不要！我不要去枉死城！聽說那邊很恐怖，我不要去……我不要……」出門在外總是很威風的流氓一見到鬼差，仍然嚇得臉色發青，尤其鬼差通常都長得不怎麼好看，沒經驗的鬼魂總是受到驚嚇之餘雙腳發軟。

但是兩個鬼差絲毫不將張寶明的哀號放在心上，毫不留情面地拖著張寶明前進，阿飄趕忙跟上前，大喊著：「不要抓我哥哥，求求你們放過他！我……我好不容易才找到我哥哥，求你們別帶走他！」

「志明，救我！我不要去枉死城……」張寶明急著伸出自己的手，試圖做最後的掙扎，阿飄伸手想拉住自己的哥哥……

鬼差狠狠推了張寶明一把，絲毫不讓他與阿飄有接近的機會，怒道：「荒謬！陰間豈是可以來去自如的地方？張寶明生前大惡不少，小惡不斷，就算離開枉死城，也必然到閻王面前領罰，怎麼可能放過他？念你是剛往生的新魂，不與你計較，還不速速退開？」

鬼差凶惡地拿起手上的戟對阿飄揮舞，如果一失手，阿飄隨時都有魂飛魄散的可能。

「鬼差大哥，我求求你們，要抓抓我好了！」阿飄突然擋在鬼差面前，雖然看不見雙腳，卻也讓大家瞧見雙膝猛然一彎，巴著鬼差的大腿不放，「如果不是我拖累我哥哥，他不會為了我鋌而走險作壞事，他只是想要讓我有口飯吃，這一切都是因為我，我願意代替哥哥受罰！求你們大發慈悲，放過我哥哥！」

阿飄聲淚俱下，字字血淚，代表著他們之間的兄弟情，抱著鬼差的腿怎麼樣也不肯放，即使鬼差用力甩，卻也甩不開。

「再不放手，休怪我等無情！」鬼差怒斥，眼看手中的戟就要落在阿飄身上，依芳和綠豆急忙想衝上前阻止，這時張寶明卻一箭步地拉住鬼差，情急大喊，「鬼差大人，我弟弟只是不懂事，我跟你們走就是了，別打他！」

「不要！」阿飄拚了命地搖頭，「最好把我打得灰飛煙滅，不然我不讓你們把哥哥帶走！」

阿飄的固執讓鬼差的表情顯得更加猙獰，依芳雖然聽不見阿飄的聲音，卻看得見鬼差不耐的神情。畢竟鬼差前來領人，絕不可能留有任何情面的，任何阻止他們的行為都是犯了忌諱。

「學姐，快點叫阿飄放手！如果他耽誤了鬼差的時辰，是要受罰的！」依芳同樣心急地交代著。

綠豆還來不及出聲，鬼差已經粗魯地踹開阿飄，張寶明同樣也是慌得直掉淚，嘴裡卻仍然不斷安慰弟弟：「別管我了，志明，你別再求了！快走！」

「我不走！要走一起走！」阿飄異常堅持，爬了起來跟在張寶明的後頭，顛簸的身影令人為之鼻酸。

一旁的綠豆早就淚流滿面，卻不知如何是好，「依芳，快點想想辦法，他們好不容易才相認，若是這樣硬被拆開，未免太不人道了！」

依芳無奈地搖著頭，這種事凡人怎麼可能插得了手？

「怎麼回事？」

一道飄忽而慵懶的低沉嗓音傳來，原本凶神惡煞的鬼差瞬間重整神色，隨即畢恭畢敬地站好，動作標準的跟職業軍人沒兩樣。

然而綠豆和依芳卻流露出欣喜的神采，這麼優雅動聽的嗓音是到死都不可能忘記的——

「玄罡！」綠豆和依芳相當有默契的異口同聲。

玄罡吸了口手中的香菸，一臉悠哉，完美無暇的俊容掛上痞痞的招牌笑容，看他的氣色紅潤，顯然已經恢復得差不多了。

「玄罡，你來的正好，快點幫幫他們，他們真的好可憐！」綠豆雙手合十的哀求著，只是她已經哭到兩串鼻涕都掛在臉上，讓玄罡在不知不覺中往退了一步。

「妳們要知道，閻王要人三更死，絕不能留到五更，人只要一腳踏入陰間，就沒有什麼情分好講了。妳們這樣阻撓而誤了鬼差的時辰，等於妨礙公務，這是犯了陰間的律法，就算是我也不可能徇私的！何況這傢伙這麼凶，光是為了找弟弟就能凝聚這麼凶惡的戾氣，絕不可能放了他！」玄罡冷靜地解釋。

「老哥，不能通融一下嗎？張寶明雖然有可能是個壞人，但是他對自己的弟弟卻是百般照顧，不能念在同樣身為兄長的立場，幫他們一下嗎？」依芳也在旁邊加入勸說的行列。

玄罡朝著兩名鬼差掃了一眼，鬼差們身體一抖，站得更加筆挺，連眼睛都不敢亂瞟。

玄罡緩緩吐出口中的煙霧，沉默好一晌都沒有開口，似乎正在咀嚼依芳所說的每一個字。

「現在離報到的時辰還有多久？」他看向鬼差們，語氣中沒有絲毫起伏。

「還有一刻鍾！」拿著鎖鏈的鬼差不敢有絲毫遲疑，立即回答道。

「是嗎？」玄罡像是自言自語地呢喃著，隨即看著難分難捨的兄弟倆，面無表情地開口，「要放過任何一個鬼魂是絕不可能的事，不過我可以給你們兩分鐘的時間道別，這已經是相當的通融了！」

「可是……」阿飄急著想繼續求情。

玄罡卻像是看穿了他的想法，冷冷道：「你已經浪費了十秒鐘，我是不可能再給多餘的時間了，你只剩一分多鐘的時間，勸你別說廢話！」

阿飄淚眼婆娑地點點頭，張寶明則是趕緊擦乾眼淚，重新振作精神，強顏歡笑地移至阿飄面前，強裝樂觀地說：「志明，不用擔心哥哥，哥哥以前做了許多荒唐事，沒有讓你過過一天好日子也就罷了，還差點害你走上岔路，好險你的個性實在不適合，起碼這是我唯一覺得沒做錯的事了！

「也該是贖罪的時候了，看到你現在說話大聲一些了，也不再畏畏縮縮，起碼讓哥哥安心一點，或許……我們這一分開就再也沒有見面的機會，以後哥哥不在你的身邊，你……要好好照顧自己！」

阿飄上前緊抱著張寶明，流著淚大聲說道：「哥哥，我雖然痛恨我們家，但是我卻始終慶幸有你這個哥哥，我知道你在外面逞凶鬥狠也是為了讓我們能夠活下去，只是方法用錯了，但是你再壞，還是我的哥哥！如果還有來生……不……

是我生生世世都要當你的弟弟！」

兄弟倆抱頭痛哭，連玄罡也被這樣的氣氛感染，覺得有些感動。不禁回想起百年前自己對依芳的心情，身為兄長，在最艱困的環境下，只能無所不用其極地保護自己的弟妹，就算最終傷痕累累，只要見到弟妹們的笑顏，就算汗水、淚水和血吞，也是甘之如飴。

依芳就像是看了一場無聲的默劇，但光是兩人間的兄弟情誼，不須言語就很動人了，自己也紅了眼眶。

「我突然想到一個問題，阿飄不是也意外身亡嗎？照理說……他在七天過後不是也要到枉死城報到？」依芳吸了吸鼻涕，突然提出。

哭聲嘎然停止，一切又回復到驚死人的寂靜……

頂著羊角的鬼差趕緊從鎧甲裡拿出一本小冊子，迅速翻了幾頁，連翻點頭道：

「沒錯，張志明，陽壽三十八歲，應該死於吃香蕉噎死，於今年二十五歲意外喪命，必須在枉死城待至陽壽耗盡，七天後將至枉死城報到。」

在場所有人聽完，全露出驚訝的表情，半句話說不出來。

尤其是阿飄，還在感傷自己與哥哥將天人永隔，沒想到他們根本要去同一個地方！

「真是的，害我白白為你掉了那麼多眼淚！」綠豆瞬間爆發，差點衝動地搶下鬼差手中的戟，直接往阿飄的腦袋敲下去。

「我、我怎麼知道我也要去枉死城嘛。」阿飄擦了擦眼淚，「這麼說來，我跟哥哥不用分開了？」看向鬼差們。

鬼差們點了點頭。

兄弟倆此時破涕而笑，抱著彼此高呼萬歲，生平第一次見到有鬼魂要進入枉死城還這麼開心的。

玄罡卻叼著煙，看了手上的表一眼，不帶感情地說：「高興什麼？你們進入枉死城等於是陽間的坐牢，而且枉死城的面積大約是從臺北到紐約的好幾倍距離，你們想見面，可能也要花上好幾年的時間，而且鬼海茫茫，沒有人幫忙是很難找到彼此的。」

玄罡的解釋讓張家兄弟的心情跌落谷底，從相擁歡呼回到先前的抱頭痛哭。

看著這對兄弟一下子哭一下子笑，依芳和綠豆的心情也跟著起伏，但是不論是陽間或是陰間都有既定的規則，沒辦法改變，眾人只能默默祝福他們能順利遇到對方。

「其實……也不全然沒有見面的機會。」玄罡又是一副痞子樣，嘴邊噙著淡淡的微笑，「只要張志明離開枉死城，等待投胎的時間能夠安分地待在陰間，或許可以在農曆七月和張寶明會面，而且以我的能耐，還有機會安排讓他早日投胎。」

通常玄罡願意提供方法，就表示有極大實現的可能。不過依芳和綠豆心中卻有不好的預感……他錢奴的本性要現身了！

張家兄弟淚眼汪汪地盯著玄罡，只見他把玩著手中的菸蒂，淡淡道：「陽間有所謂的假釋，陰間也有，前提是受刑人在生前沒有犯過大錯，關在枉死城中的時間沒超過十五年，加上在枉死城中的表現優良，就有機會提早出來。不過……」

這句不過讓綠豆兩人的整顆心臟都提了起來，玄罡又要開口拿多少？

「玄罡，他們兄弟倆相依為命，沒有人能幫他們燒紙錢，你不要勒索他們！」綠豆乾脆一開始就將話說明白。

「那麼……就有點麻煩囉！」玄罡一談到錢就像沒血沒淚的冷血動物，「地府上下要打的通關不少，沒有那麼一點資金，就……乖乖去報到吧！時辰快到了，把人帶走吧！」

兩個鬼差一板一眼地開始扯著張寶明身上的鎖鍊往前，隨即又爆出阿飄淒厲的哭聲……

「要多少啦？」依芳這人一向是嘴硬心軟，看到阿飄這樣，她實在無法像玄罡一樣袖手旁觀。

「果然是菩薩心腸！」玄罡得逞似地咧開嘴，「我會先想辦法先到陰曹地府幫張志明打好通關，到時我再跟妳請款。」隨即又轉向阿飄，「張志明，雖說七日後才是你的頭七，不過既然有人出錢委託我，加上凡間沒有家人幫你做法招魂，你就先跟我走吧！」

玄罡帥氣地一揚手，四周頓時漫起一股煙霧，只見鬼差他們一行人的身影越來越模糊，當綠豆再次睜開眼，他們全都不見了。

綠豆和依芳終於鬆了一口氣，兩人轉過身，卻發現縮在護理站的桌子底下的阿啪終於探出頭，看著兩人一眼，眼底全是毫不掩飾的驚恐，「妳們……妳們到底在跟誰說話？看妳們一下子哭一下子笑，怪恐怖的，不要這樣嚇我啦！」

阿啪看來快嚇破膽了，經過整晚折騰，她沒尿褲子算是勇氣可嘉了。

「學姐，不好意思，嚇到妳了。」依芳最討厭遇到這種狀況，心中盡是愧疚感，「現在沒事了，妳快點出來吧。」

阿啪在兩人的攙扶下，狼狽地從桌底下爬出，當三人在單位一站定，放眼周遭環境，加上急救到一半的混亂病床，三個人不約而同地倒抽一口氣。

「依芳，妳說現在把他們叫回來還來不來得及？起碼先讓阿長鬼遮眼之後再回去報到……」

三人想到阿長真的會把她們三個當菜頭切成好幾段，同時打了一陣冷顫……

「妳們三個到底在跟我開什麼玩笑？」阿長簡直就像是史瑞克裡面那隻噴火龍，正對著站在會議桌對面的三個人噴火，「這是什麼護理紀錄？給我解釋清楚，什麼叫做『病患靈魂出竅，並且口頭強力要求拒絕急救』？還有什麼『病患鬼魂要求護理人員尊重病患意願』？妳們想害我被上級抓去罵死嗎？」

站成一排的三人相當哀怨地盯著地板，明明都凌晨三點半了，為什麼阿長還會突然出現在單位？本來還暗暗慶幸今天可以躲過一劫，沒想到阿長就這樣無聲無息地飄了進來，還打電話到二樓調派一名人力先上來看顧一下病人，就為了要好好「關照」她們一下。

看著三人，阿長無奈地嘆了口氣。更衣室的污衣桶嚴重變形，鐵門坑坑疤疤也就算了，還要死不死地被放在角落，害得大家都不知道怎麼換衣服；至於擺在病床前的輕便桌不是少了胳膊，就是斷了條腿，雖然擺放得很整齊，不過殘缺的外觀掩飾不了受過蹂躪的痕跡。

她只能不斷地在心底默念「這世界多麼美好」高達十多次後，才稍稍降低隨時心肌梗塞的可能。

但是當她一翻開張志明的護理紀錄，阿長瞬間心跳指數飆到一百二十，就差那麼一點……被活活氣死。

本來第一時間就要將這三人抓回單位好好審問，結果這三人相當有默契地消失，不但手機關機，殺去宿舍才發現房間空空如也，看樣子這三個人早在她到單位上班之前就急忙落跑了。

若不是一早有臨時會議要開而延遲進單位的時間，她怎可能讓這三人有機會逃脫？但是跑得了和尚，跑不了廟，躲得了一時，卻躲不過今晚的班，要知道曠班是大禁忌，這三人絕不可能不出現。

阿長拚著這麼晚還不回家，為的就是要好好修理這三個人。

「阿啪，早就跟妳說過不要這樣寫，妳就是不聽……」綠豆識相地沒有頂嘴，卻低聲地怪罪身邊的阿啪。

「不然要怎麼寫？病人是妳接的，但是主護護士是我，只急救十分鐘，剩下二十分鐘妳要我怎麼掰？當然只能照實寫啦。」阿啪也不認輸地回嘴，為什麼綠豆要丟這麼天大的難題給她啊？她恨不得把護記甩在綠豆臉上，叫她自己寫！

「護理紀錄這件事情還沒完，我等會兒再和妳們算！我還要問，單位裡面的災情又是怎麼回事？」

「就……就那名精神病患阿桑造成的啊！我們剛剛解釋過了……」綠豆嘟起嘴，不知死活地回嘴，心想總算能幫這些狀況找到名正言順的理由了，只是委屈阿桑了！阿桑，對不起！

「那名病患有本事把輕便桌拆成兩半？她是上峨嵋派學了九陰白骨爪，還是跟王重陽學了一陽指？哪來這麼一身的好武藝，一個晚上幾乎毀了單位一半以上的桌椅？妳們當我是白痴嗎？」阿長用力拍擊會議桌，三人像是打地鼠遊戲機裡面準備挨打的地鼠，一個接著一個彈跳起來。

三人一致認為，若是阿桑有昨晚的成就是因為上山學武藝，那麼阿長八成是稱霸天下的武林盟主，看她的氣勢，就連東方不敗和她對上了都要立即改名叫西方失敗了。

「天啊，我到底是哪裡得罪妳們了？妳們到底對我有什麼不滿？說啊！」阿長呈現完全歇斯底里的瘋狂狀態。

「阿……阿……長……」綠豆簡直就像顏面神經搭錯線的不自然抽動，「那個……那個……」

「哪個？妳說清楚！」

這時綠豆困難地嚥了嚥口水，為難地看著阿長……的背後，「病患張志明說他想親自跟妳解釋清楚……」

「解釋？好啊！我正愁沒人跟我解釋清楚，妳叫誰出來都……等……等……等……等一下，妳剛剛說誰？」阿長的氣勢瞬間消失，擺在桌面上的病歷不就寫著張志明三個大字？剛剛……不是正在討論他的急救紀錄？

「阿長，他現在正站在妳的背後，他說不介意附在阿啪學姐的身上跟妳解釋清楚！」依芳實在不希望讓一般人接觸鬼魂，但是綠豆拚了命地掐她大腿，讓她不出聲也不行，而且她也很明白，阿長恐怕不會這麼輕易饒過她們。

不過，受到極度驚嚇的不只阿長，還有聽見要附在自己身上的阿啪，現在她終於知道昨晚為什麼會躺在地上，還被綠豆踹了一腳，現在還要再來一次？

「妳們……少來這一套，別以為這樣就可以嚇唬我！」阿長死鴨子嘴硬，但是語氣卻聽起來一點都不像，一聽到有看不見的好兄弟就站在自己的背後，脖子像是被打上石膏一樣僵硬。

才聽說昨天凌晨前來單位交班的外科千年老妖兩頰腫脹地連吃飯都有困難，還有馬醫師躺在備餐室兩眼發白加昏迷不醒，直到現在還躺在自己的值班室吊點滴，問他什麼都不回答，只是把自己包在棉被裡。

接二連三的狀況，讓阿長的心裡其實多少也有些不踏實。

「他說，他今天很早就來單位了，他知道阿長今天晚上九點多和妳老公鎖在值班室裡面……」綠豆賊兮兮地看了阿長一眼。

阿長此時的表情實在七彩繽紛，好不精采，如果今天有下雨，阿長就是那彩虹了！

今晚不是她值班，純粹為了堵她們三個才待到這麼晚，認真說起來她是在下班時間待在醫院裡面，「我……我只不過是在幫他做身體檢查……他說最近有點不舒服……」早知道就回家再檢查，現在後悔也來不及了，「咳咳，好啦，我相信了，拜託妳們叫他離我遠一點！」

阿長故作鎮定，三人卻瞧見會議桌正在微微震動……

「那護理紀錄……」依芳趁火打劫地挑眉問。

「可以請妳們寫出合理的急救過程嗎？除了將鬼魂這段刪除，其他的急救過程我都可以接受，就算只有十分鐘！」阿長努力地揚起微笑，五根手指卻焦躁地敲著桌面。

「那單位的損失……」綠豆也加入趁火打劫行列。

「既然是病患的精神病發作，也算情有可原，這些桌椅也都很老舊了，本身就不堪一擊，明天我會向醫院申報汰換！」阿長敲著桌面的聲響越來越急促。

「那麼……關於薪水……」阿啪不知死活地登上趁火打劫排行第一名。

阿長臉上的表情沒變，卻停下手指的動作，阿長最經典、最恐怖的就是莫過於她已經很不爽，臉上卻掛著虛情假意的微笑，「阿啪，關於薪水問題，我很誠摯地回答妳，等到妳坐上我這個位置之後，就會知道答案了！」顯然在最後兩句非常刻意的加強語氣。

阿長的笑容有種說不出的陰森感，三人再次大力地抖了一下。

「請問，那位好兄弟已經離開了嗎？我也可以回家了嗎？」笑咪咪的阿長讓人渾身不舒服，三人點頭如搗蒜，恨不得她立即消失。

阿長轉眼間消失不見，動作迅速地就像狂追周星馳的包租婆，很顯然她一秒鐘也不想多待！

「學姐，哪有什麼阿飄……」依芳沒好氣地嚷著。

一旁的阿啪聽到這句話，才暗暗鬆了一口氣。

「我不這麼說，阿長會放過我們嗎？妳沒看到她都快把我們劈了當柴燒，若不是我今天運氣好，偷偷摸摸溜出去買飲料的時候經過值班室，哪會這麼好機會給我找到好理由？」綠豆一副理所當然。

旁邊的阿啪也跟著答腔：「這樣也好，事情總算過關了，往後我們也用不著整天提心吊膽。唉唷，被阿長罵了這麼久，我的泡麵都變乾麵了啦！」

阿啪急忙衝向備餐室，打算搶救今晚的宵夜。

綠豆和依芳則是回到護理站接手照顧病人的工作，好讓二樓的護理人員能夠回去照顧其他病人。

兩人剛坐下，準備好好喘口氣，緊閉的單位大門竟冒出一名模糊的身影，而且這身影還背著背包，越來越清晰……越來越眼熟……

「阿飄？」綠豆站了起來，朝著眼前半透明的影子狂打轉，昨天他才跟著玄罡離開，怎麼今天就出現了？而且，看起來很不一樣。

「阿飄回復他原本模樣了耶！」依芳也很吃驚。

他不再是恐怖至極的破碎模樣，而是回復到未出意外前相當完整的人形，不但一點都不嚇人，而且是相當賞心悅目，但……還是一樣沒有腳。

「阿飄怎麼會回來？是回來幫我老哥報價的嗎？」依芳見到阿飄，腦中浮現的就是玄罡死要錢的表情。

「不是！」聽到綠豆的翻譯，阿飄連忙搖頭，「鬼差大哥沒打算要報價，他說當初會那麼說是他個人的例行公事，這次他是好心大放送，當作是哥哥對妹妹的一點心意，不過他特別強調，下不為例！」

經由綠豆轉述得知阿飄的回答後，依芳開心地咧開嘴，心想玄罡果真還是有那麼一點人情味。

「不是回來報價，那你來幹嘛？不是跟玄罡回陰間了嗎？」綠豆不明白他出現的用意，現在想起自己是誰，哥哥也找到了，連下面的通關都找人打點好了，還有什麼事？

「我的頭七還沒到，還不用到枉死城報到，所以可以回來。」阿飄指著綠豆，「我今天來是有事情想請教妳。」

「請教我？什麼事？」

「妳……妳不是說要燒愛情動作片給我？」阿飄顯得氣憤難平，拿出包包裡面的其中一部電影光碟，還看得出他的手頻頻顫抖，「這是什麼電影？『愛妳愛到殺死妳』？這是愛情動作片嗎？」

玄罡將他暫時安置在陰間時，告訴他可以到陰間管理員那邊領取凡間燒給他的物品和紙錢，怎麼知道他一看到自己的置物櫃，差點沒吐血！

這跟預期的差太多了吧！

「這哪不是？愛到連菜刀都拿出來，不是有愛情也有動作嗎？」綠豆理所當然地聳聳肩，一副「不然你咬我啊」的表情。

阿飄咬牙切齒地丟了手中的影片，又拿出一部影片，大聲嚷著：「剛才那一部就算了，這一部要怎麼說？『梁祝』什麼時候變成愛情動作片了？」

「喔，梁祝喔！」綠豆笑著解釋，「梁祝的愛情動作才多呢！光是最經典的變成蝴蝶飛出墳墓，這就很動感了！蝴蝶要揮動翅膀才能飛，這動作還不夠大嗎？」

「妳分明是強詞奪理！」阿飄氣得大叫，「影片的事情就算了，妳不是說過要燒正妹給我當女傭？正妹呢？妳是燒正妹的老媽給我嗎？為什麼出現在我面前的全都是歐、巴、桑？」

「吼，你真的很挑欸！」綠豆心想，她哪知道怎麼判斷紙人的年紀？她看到穿著女生衣服的紙人就全丟下去燒了，哪有時間管那麼多？「那些歐巴桑也很正啊，人家年輕的時候也參加過小姐選美耶！」

阿飄很氣，卻又不知如何反駁，遇到像綠豆這樣的無賴，真的一點辦法也沒有。

然而在一旁的依芳雖然聽不見阿飄到底在「盧」什麼，不過聽綠豆的回答也能猜個大概，瞧見他活蹦亂跳的模樣，心中一顆大石也放了下來。

「阿飄之後可以離開枉死城，老哥也說過會幫忙安排阿飄投胎，他應該很快就有機會去投胎了吧？」依芳突然轉頭問綠豆，既然玄罡都開口了，以他的辦事效率，阿飄應該在短時間之內就可以重新做人了吧。

綠豆一字不漏地轉述依芳的問題。

「不，我不打算現在投胎，要投胎也要等到我哥哥能投胎為止！」阿飄爆出驚人之語，神情堅定。

「不投胎?!」綠豆誇張地大叫，一度懷疑自己聽錯了，「你開什麼玩笑？多少人等著投胎都等不到機會，你居然說不要？那是你生前沒做錯事再加上玄罡力保才有的機會，不是每個人都像你這麼好運，你知不知道啊？」她看起來比當事者還要激動。

連依芳也納悶地皺緊了眉心，阿飄到底為什麼不肯去投胎？

「我很感謝鬼差大哥為我做的每件事，只是我想待在陰間等到哥哥出來，雖然聽說等他離開枉死城後還要移交閻羅殿，不過這期間會有偶爾放風的機會，鬼差大哥說願意幫我安排見面，這樣我就可以找時間陪伴哥哥了！我哥哥生前為我付出這麼多，這是我目前唯一能幫他做的事了！」

阿飄的眼中有著濃濃的惆悵，不管如何，他希望總有一天能等到哥哥回來。人果真有千百面，雖然張寶明在生前無惡不作，在眾人面前是野蠻無理的惡霸，但是面對自己的弟弟卻始終無私的付出，只是天理循環，一但沒了呼吸，陰間的責罰是閃躲不了的。

綠豆悠悠地嘆了一口氣，當她告知依芳他的理由時，兩人的眼中都流露出濃濃的同情與不捨，這對兄弟的情誼，連生死都無法打斷。

說起來阿飄倒也挺堅強，起碼現在已經能樂觀地看待一切，他不在乎需要等多久，只要哥哥有被釋放的一天，他就會等到那一天。

「阿飄，加油！」依芳綻放出欣慰的笑容，她衷心祝福他們能早日團圓。

「阿飄，我們都為你加油！」綠豆握緊拳頭，真誠地朝著阿飄擺出加油的姿勢。

窗外已微露曙光，迫於阿飄必須在天亮前離開，他的身影顯得越來越模糊，就連聲音也是幾不可聞，但是卻有那麼幾個字……異常清晰……

「真的非常謝謝妳們！」

阿飄的聲音傳入綠豆耳裡，不知為何，令她有種想哭的衝動，但是卻逞強地頻頻深呼吸，硬是把眼淚擠回去。

她回頭看了依芳一眼，卻瞧見依芳若有所思地看著窗外。

「依芳，妳在想什麼？」

「我在想，阿飄……真的很幸福！因為他有個願意為他挺身而出的哥哥，雖然張寶明在大家面前的成績可能是零分，但是對阿飄而言，是完美的一百分！而我老哥對我，應該和張寶明對阿飄是一樣的心情吧！」

依芳心有所感地說著。想起玄罡，依芳的臉上也浮現和阿飄同樣的神情，漾著暖暖的微笑。

窗外已經天亮了，今天，又是新的開始。

——《怪談病院PANIC! 03》完

author.小丑魚

高寶書版集團
gobooks.com.tw

**輕世代 FW268**
**怪談病院PANIC! 03**

作　　者　小丑魚
繪　　者　炬太郎
編　　輯　林思妤
校　　對　林紓平
美術編輯　彭裕芳
排　　版　彭立瑋

發 行 人　朱凱蕾
出　　版　英屬維京群島商高寶國際有限公司臺灣分公司
　　　　　Global Group Holdings, Ltd.
地　　址　臺北市內湖區洲子街88號3樓
網　　址　www.gobooks.com.tw
電　　話　(02) 27992788
電　　郵　readers@gobooks.com.tw（讀者服務部）
　　　　　pr@gobooks.com.tw（公關諮詢部）
傳　　真　出版部　(02) 27990909　行銷部 (02) 27993088
郵政劃撥　19394552
戶　　名　英屬維京群島商高寶國際有限公司臺灣分公司
發　　行　希代多媒體書版股份有限公司/Printed in Taiwan
初版日期　2018年4月

國家圖書館出版品預行編目(CIP)資料

怪談病院PANIC! / 小丑魚著.-- 初版.　-- 臺北市：高寶國際, 2018.04-
　冊；　公分. --

ISBN 978-986-361-523-1(第3冊：平裝)

857.7　　　　107004300

三日月書版

三日月書版

GOBOOKS
& SITAK
GROUP©

GOBOOKS
& SITAK
GROUP©